Einaudi. Stile Li

www.einaudi.it

ISBN 978-88-06-26311-9

Jacopo Iannuzzi

White People Rape Dogs

Einaudi

White People Rape Dogs

Capitolo primo

Una ragazza che vola

Ho conosciuto Gioia a casa sua.

Mi ci ha portato Jem, insistendo perché la conoscessi.

Lei abitava in via della Schiera, in un bilocale al settimo piano.

Ci siamo arrivati con un'ora di ritardo a bordo della mia Ford old school, divinando la strada oltre il vetro appannato. Prima ci siamo fermati a casa di un certo Sega per recuperare dei soldi che Jem gli aveva prestato, e poi al *Waikiki* a comprare sigarette al distributore automatico dove abbiamo dovuto litigare con un marocchino che ci fissava credendo che lo stessimo fissando. Aveva la faccia sfregiata e un occhio che gli scendeva sullo zigomo.

Lei comunque ci ha aspettati. Quando Jem ha suonato al citofono, ha aperto senza rispondere.

Siamo saliti in ascensore. Entrambi in para per via dello spazio claustrofobico sospeso tra i piani a quel modo. Se rimaniamo bloccati, pensavo, dovremo berci il nostro piscio.

Ci ha aperto a piedi scalzi, che sovrapponeva uno sull'altro. Le unghie smaltate e un braccialetto alla caviglia. Si teneva una spalla e sorrideva con occhi a specchio, sullo sfondo del salotto scuro illuminato solo dalla luce della televisione.

Aveva nevicato tutto il giorno. La città era sporca di fango e silenziosa, ritirata nel suo sogno natalizio.

Jem ci ha presentati, lí sulla porta. Lei ha allungato la mano per stringere la mia, che ho sbrogliato dalla tasca del giubbotto come se non me l'aspettassi. Mi è sembrato di stringere una piuma, senza peso. Una piuma bianca sottile come il lino. Era fredda e leggera. Poi lei si è spostata i capelli dietro l'orecchio e ci ha fatti entrare.

Ci siamo sciolti sul divano.

Abbiamo fumato una canna e bevuto della birra. Il fumo era suo. Lo teneva in una scatola di biscotti danesi sul tavolino davanti al divano, insieme alle cartine e a tutto il necessario.

Alla tv davano un documentario sui pesci dell'oceano.

La luce dello schermo le si rifletteva sulla pelle bianca, facendola sembrare ancor piú pallida di quanto non fosse. Il tatuaggio di un cane astratto le spuntava da sotto la manica, lo trafiggeva un pugnale in petto, foglie di alloro gli crescevano sulla coda.

Ha detto che non significava niente, che era stato solo un modo di offrirsi.

Ce ne siamo andati poco dopo. Abbiamo comprato del fumo e ce ne siamo andati.

Quella sera io e Jem abbiamo girato un po', tanto per. Nessuno dei due aveva voglia di tornare a casa cosí presto. Abbiamo fumato una canna chiusi in macchina sotto un lampione in un parcheggio vuoto, bevuto altre due birre e ascoltato della drum'n'bass.

Abbiamo rotto le bottiglie contro il muro di una fabbrica abbandonata dietro lo scalo ferroviario e tirato sassi sulla macchina di un vigilante in perlustrazione nel cortile del Trilatero.

Le strade bagnate riflettevano i colori fluo delle insegne. Lampeggiavano al nostro passaggio. I palazzi risalivano come al solito verso il cielo, completando lo spazio, esplodendo di luci intime nella notte ancora pesante di nuvole.

L'umanità è un cazzo di condominio di carne, ho detto, piegandomi verso il finestrino per vedere meglio, un enorme condominio di carne e occhi, ricoperto di pelle.

Jem ha annuito, mi ha passato la canna.

Prima di tornare a casa mi ha chiesto cosa ne pensavo di Gioia.

Io ho detto che non sapevo.

Mi ha chiesto se mi piaceva.

Ho detto ci sta.

Ci siamo fermati per un'ultima canna ancora, sugli spalti del campetto da calcio davanti a casa sua. Di fronte a noi il prato ghiacciato e i faretti degli spogliatoi oltre la rete.

Sai che una volta abbiamo anche scopato?, ha detto.

Sentivo la brace della canna scoppiettare a ogni tiro.

Mi stai ascoltando?

Sí, e?

Niente, quella tipa è fuori, piú fuori di quanto mi sarei aspettato. Ma tanto, giuro, non mi credi? Mentre lo facevamo piangeva. Si teneva su i calzini, a forma di coniglio, lei ha solo calzini a forma di coniglio, con le orecchie, hai presente? E piangeva. Pensavo fosse una cosa sua, non so, o un suo modo di… non so, comunque sembrava che le piacesse. Insomma, godeva, mi diceva di continuare.

E intanto piangeva?, ho detto passandogli la canna. Non ha senso.

Anche secondo me infatti. E invece a quanto pare ce l'ha. Ma io boh, vecchio, mi sono fermato quasi subito. Era strano forte. Una volta ho ben scopato con una che voleva le sputassi in bocca, ok, ma cosí era veramente troppo strano. Le ho chiesto che cosa c'era, lei ha detto che non sapeva e ha solo voluto finire da sola, mentre io da dietro dovevo stringerle il collo con la mano. Ha detto che voleva sentirsi soffocare, sparire nelle mie mani. Ci credi?

Ho alzato le sopracciglia, bevuto un goccio di birra.

Di Gioia ho l'impressione che non riesca a perdonarmi qualcosa, ha detto arricciando le labbra, qualcosa di proprio mio. Non dico solo… nei modi, sai, cose che ti vengono fuori a cazzo, magari senza pensarci. C'è qualcosa di proprio mio che lei odia, qualcosa di profondo e di diverso tra noi, di incompatibile, che lei proprio non sopporta. Lei sa che cosa è, ma io no, e non vuole dirmelo, e se ci prova non capisco. Mi fa impazzire. Ma in senso buono, non so se è possibile. Siamo proprio diversi, ma vorrei comunque andarci d'accordo.

Mi ha ripassato la canna, la fine, che mi sono fumato in due tiri scottandomi la bocca.

Lo sai cosa mi ha detto anche?

Cosa?

Una cazzata, di sicuro.

Eh.

Che una volta ha fatto un pompino a Timothée Chalamet, in spiaggia a Venezia, quando lei studiava Filosofia e lui era lí per girare un film.

Peso.

Deve essere fatta cosí. Mi ha letto le carte, la mano, mi ha regalato delle pietre. Mi ha spiegato i loro *poteri*, e poi parla in quel modo… sembra completamente scoppiata, i suoi discorsi sono *pff*, non so, incoerenti, anche poetici a volte.

Ho presente.

Però è diversa dalle altre. Cioè, tu lo sai, ne abbiamo conosciute di tipe cosí, tutte costruite, oroscopi e menate. Non voglio dire niente, non dico che… niente da dire.

Ma lei… è piú ironica tipo. È seria, ma non si prende sul serio. Capisci?

Qualche giorno dopo la recuperiamo in macchina fuori dal *Joyce*, un bar cinese dietro la stazione. Intorno aveva tutta una sua astronomia. Jem si è dovuto alzare per farla salire, visto che nella mia auto ci sono solo due portiere e bisogna piegare in avanti il sedile per mettersi dietro. Lei ha insistito per stare davanti, cosí lui si è seduto dietro, e ha tirato su un muso che non gli è andato via per un bel po'. Queste cose lo fanno infuriare.

Aveva un buon profumo, un misto di stoffa e lavanda, era il suo odore. Da subito mi ha trattato come se fossimo già amici stretti.

Mentre guidavo ha voluto leggermi la mano. Me l'ha presa dalla leva del cambio e mi ha sfiorato il palmo con le dita. Ha chiuso gli occhi e iniziato a fare una sorta di oroscopo. Ha notato la mia ferita, ormai una crosta anche se ancora sanguinolenta in alcuni punti. Mi ha chiesto cos'era. Soltanto un taglio, ho detto, me lo sono fatto scavalcando una rete. Ho richiuso la mano e sono tornato a guidare.

Con la scusa dell'oroscopo ha voluto sapere che facevo nella vita e altre cose su di me. Io ho risposto brevemente. Da dietro sentivo lo sguardo geloso di Jem premere su di noi, cercare di spegnere sul nascere qualunque calore, qualunque tensione. Rosicava.

Siamo arrivati a festa già iniziata. La villetta era dall'altra parte della città, in mezzo a dei campi di vigne. Entrando ho notato che Jem teneva la mano di Gioia nella sua, in realtà le teneva solo il mignolo, tanto che lei non sembrava neanche farci caso. Quando si è accorto che li stavo osservando l'ha mollata subito, lasciandola cadere nel vuoto. Allora lei si è girata verso di lui, cercando di capire cosa fosse appena successo.

Dentro abbiamo scroccato qualche drink, fraternizzato con gente a caso, detto stronzate in giro, messo le mani nei cassetti. Siamo saliti sui divani con le scarpe sporche di fango e abbiamo sparato dei petardi dal balcone. Abbiamo guardato le stelle che scricchiolavano lisergiche negli occhi del tempo e fatto passare il muso a Jem a forza di sputi sui tappeti e cannette fumate di nascosto nei posti proibiti della casa tipo sul letto matrimoniale dei genitori, che abbiamo raggiunto scavalcando a turno la ringhiera di un balconcino.

Tutto questo finché non siamo stati cacciati, per via di Jem che di punto in bianco si è messo a litigare col padrone di casa, un ragazzetto acneico in Stan Smith, che secondo lui gli aveva sputato sulla felpa (cosa non vera, mi dice un altro in confidenza mentre i due arrivavano alle mani: il mio amico si era sputato addosso da solo, ubriaco com'era, e non si capiva che cazzo volesse ancora).

In macchina abbiamo rifatto la strada al contrario. Jem stavolta seduto davanti.

Dal sedile di dietro Gioia ci ha detto che siamo noiosi e cringe, perché quando tira fuori due portafogli che ha rubato dalle giacche alla festa noi restiamo perplessi. Lei fraintende. Siamo in sua balia, cadiamo con gli occhi al suo cospetto.

Jem se li fa passare, vuole vedere. Dentro ci sono banconote, per un totale di circa centocinquanta euro.

Allora?, ha detto lei sporgendosi tra i sedili. Che si fa?

Siccome non sapevamo cosa rispondere, lei ha ripreso a darci dei noiosi.

Siete due noiosi del cazzo, ha detto ributtandosi al suo posto. Non sapete che il sole esploderà domani? Che un'onda di fuoco consumerà ogni cosa? Anche il *David* di Michelangelo nella sua teca di vetro.

Sei assurda, Gioia, le ha detto Jem lanciando i portafogli dal finestrino.

Lei si è rialzata verso di lui e gli ha tirato uno schiocco di dita sul lobo dell'orecchio, facendolo smadonnare. Poi si è riseduta composta.

Mi guardo intorno ultimamente e mi sembra che sia tutto un ricordo, ha detto. La vedevo nel retrovisore mordicchiarsi le dita sovrappensiero.

Come quando sogni di svegliarti, e poi ti svegli per davvero.

Jem si è stizzito. Ha detto che non capiva, ma lo faceva apposta. Cercava lo scontro. Lei gli ha dato dello stronzo. L'ha mandato a cagare e gli ha chiesto quando sarebbe morto nel sole pure lui. Poi ha detto che con quei soldi che aveva rubato voleva prendersi del drift.

Ci siamo trovati con Pingu a casa sua. Ci ha fatto salire nel suo appartamento, nonostante l'ora. Ci ha solo detto di parlare piano, sua madre dormiva nell'altra stanza. Il drift l'ha tirato fuori da una scatola di scarpe nascosta nell'armadio. Una bustina di cristalli incolore, una preparazione sua. Ci dice che il segreto è usare un pentolino di rame, perché distribuisce meglio il calore e si cucina piú delicatamente, si asciuga ma non si brucia. Ne prepariamo una botta a testa sullo schermo del telefono, nel silenzio nervoso della stanza. Lo pippiamo con un flyer arrotolato. Ci brucia il naso. Sa di diluente, di inchiostro per stampanti.

Il drift ti fa sorridere nervosamente, e ti fa sbocciare di sensazioni. Le luci si sciolgono e diramano, e le cose in genere perdono di consistenza. Sembra di fluttuare senza peso a due metri dal fondale come pesci.

L'effetto dura poco. Il clou lo si raggiunge subito, poi in meno di un'ora è tutto passato.

Resta dentro una sorta di trasparenza. La sostanza, quando rilascia l'effetto e scompare, rende lo sguardo fluido, limpido. E fino al giorno dopo la sensazione di aver nuotato col cervello in un tropico di stelle purissime.

Siamo rimasti da Pingu, ascoltando a basso volume della deep house. Abbiamo bevuto e pippato. L'abbiamo tirata fino a mattina. Non ricordo di preciso come è finita, mi sono svegliato nel mio letto completamente vestito, felpa pantaloni e il resto, ma senza mutande.

La sera dopo abbiamo pippato altro drift, quello che ci era avanzato. Siamo andati al faro. Ci siamo portati dietro due bottiglie di vino, una cassa per la musica e una lampada da campeggio. Per arrivarci ha voluto guidare Jem, che non ha la patente. Io mi sono seduto dietro, vicino a Gioia. Pingu, che abbiamo raccolto all'ultimo e quasi per caso, rollava la sua erba sul cruscotto. Il profumo di marmellata/dentifricio si spandeva per l'abitacolo. Il pennuto, come lo chiamava lui, ha iniziato a girare infiammandoci gli occhi.

Dalla cassa suonava un pezzo techno. Guardavo fuori dal finestrino nella notte compresa tra i palazzi, senza badare a niente se non alle contorsioni del synth e alla cassa che grattava negli speaker sulle portiere. L'erba già mi aveva iniettato i pensieri, rendendomi a momenti paranoico. Tipo sentirsi osservati. Mi sono girato verso Gioia. Era lei che mi guardava? Sputava il fumo trattenuto qualche secondo. Mi fissava. L'ho guardata a mia volta. Le spire di fumo disegnavano cornici incerte, evanescenti sotto il tettuccio nero. Senza volerlo, in fondo ai suoi occhi che luccicavano pizzicati dal fumo ho intravisto qualcosa che assomigliava a un riflesso di me. Ho pensato: Merda. Il cuore mi è saltato fuori dalla bocca come un pesce rosso nell'erba in una scena in bianco e nero. Ho distolto lo sguardo. Lei no, ancora mi guardava il profilo, lo sentivo. Mi passava la canna. Che c'è?, mi ha detto. Tocca a te.

Ho allungato la mano per prenderla, lei allora ha fatto apposta perché le nostre dita si toccassero. È stato strano.

Al faro abbiamo forzato la porta e siamo saliti. Tra le tag sbavate sui muri, anche le nostre di qualche anno prima. Abbiamo acceso la lampada da campeggio e abbiamo pippato il drift ascoltando dell'elettronica emo. Gioia si è messa a ballare davanti ai vetri verso il mare, a occhi chiusi, come le pareva. Correva lungo un bordo, senza curarsi di nessuno. Mi prendeva bene.

Pingu intanto, seduto davanti a noi su una cassetta di legno, ci ha raccontato di quando da piccolo ha tagliato un pesce rosso a metà con le forbici. Ci ha parlato dello spavento, ma anche dell'orrore divino che si sprigionava dalle sue mani in quel momento.

Tutti insieme ci siamo chiesti dove fosse finita la sua *anima* una volta liberata dall'illusione dei sensi. In quale boccia sarà finita a nuotare.

Pingu ha detto che secondo lui i sensi invece ci liberano. Che il corpo è una forma di libertà. Una parentesi di luce nel buio da cui veniamo pescati e a cui ritorneremo.

Jem si è rifiutato di crederci.

Pingu ha ribadito la sua posizione.

È un buco nel cervello. Ma ci siamo dentro. Fuori potrebbe essere molto peggio, ha detto.

Jem non ha ribattuto.

Pingu ci ha parlato del suo gatto che uccide gabbiani intorno a casa e lascia le carcasse sullo zerbino. Lui poi le prende e le sotterra in giardino. Qualche tempo dopo disseppellisce le ossa pulite, ci passa la candeggina e le conserva in vasetti di vetro. Le colleziona, oppure le usa per creare degli assemblage che vende su Etsy. Finito di raccontare, come per mettere un punto al suo discorso si è spento la sigaretta che stava fumando sul braccio. Lo ha fatto con naturalezza e senza scomporsi. Noi ci siamo raccapricciati. Gli abbiamo chiesto che cazzo gli prendesse. È sembrato neanche sentirci. Diverse piaghe da sigaretta gli punteggiavano il braccio, ognuna a un diverso stadio di guarigione. Ce le ha indicate con morbosa freddezza, come se ci mostrasse una pagina di diario di cui ha smesso di vergognarsi. Le piú fresche brillavano rosse, altre avevano già una crosta ben formata, le piú vecchie erano solo cicatrici, dei piccoli labirinti di grinze, delle scritture geroglifiche. Il drift da solo non gli fa piú niente, ha detto. È solo anfetamina. Ma pure le altre droghe. Per fare entrare la luce adesso devo ferirmi. La droga è un'illusione, ha detto, il dolore è puro senso.

Con un'altra sigaretta accesa che si è fatto passare ha ripetuto l'operazione, mentre noi lo guardavamo perplessi. Solo cosí sento entrare la luce, ci ha detto, anche la droga è un modo di sentire, ma è sempre circoscritto, ha un effetto specifico, e poi c'è l'assuefazione, a un certo punto bisogna ricominciare da capo. Il dolore invece non cambia mai. La tensione che hai dentro, la sparpaglia nella carne. Ti scuote. Ti libera. E soprattutto, ogni volta è come la prima.

Ci ha parlato di Hitler, che è un crononauta, e dei novecento morti del Tempio del popolo a Jonestown, avvelenati col cianuro. Poi però lo abbiamo interrotto, prendeva troppo male. Lui ha concordato. Ha chiesto scusa. Si è ripiegato le maniche, ha aperto una birra e si è rimangiato le sue filosofie senza parlare.

Gioia ci si è avvicinata in fretta con un sorriso ambiguo, indicando i vetri del faro. Ha detto che il mare si stava sciogliendo. Ha fatto dei gesti con le mani per spiegare, mimava le onde. Ci è rimasta male perché noi non capivamo.

Non capite un cazzo, ha detto. Un giorno me ne andrò anche io di notte. Poi si è stesa tra me e Jem. Partirò da qui, da questo faro, come se stessi scappando.

Siamo andati avanti fino a tardi, richiamando al bisogno la botta che di mezz'ora in mezz'ora scendeva. Il drift ci ha fatti diventare delle fate che con le parole piú semplici rendevano le cose lucide e mai viste. Siamo scesi ognuno nella poesia del suo inconscio, ritrovandoci poi al di fuori. Leggeri, estranei al corpo, di nuovo capaci di raccontarci a vicenda con l'entusiasmo dei bambini. Giú e su, come delfini splendenti tra la spuma e le onde. Il sole ci ha sorpresi a mattina tra le nuvole, sorgendo dalla punta del promontorio.

Qualche giorno dopo Gioia mi ha scritto un messaggio. Mi chiedeva scusa per l'altra sera, che era un po' su di giri. Io non ho capito, ho lasciato correre, le ho detto: Va bene, non preoccuparti. Lei mi ha risposto il giorno dopo ancora. Mi ha detto passa qui, tra di noi le cose si stanno complicando.

Ho preso la macchina al volo e sono arrivato da lei senza sapere come. Mi sono svegliato di fronte alla sua porta con il cuore in mano, rosso e blu, il resto al solito in bianco e nero. Lei mi ha aperto e mi ha fatto sedere. Abbiamo fumato.

Si è messa vicino a me sul divano. Si è rannicchiata, stringendosi le ginocchia. Ai piedi indossava dei calzini a forma di coniglio, con le orecchie.

Mi ha raccontato di lei, della sua città natale, di suo padre che fa il fallito in Sud America e non lo vede né lo sente da quando aveva dodici anni, di sua madre che non si è mai ripresa e la chiama ogni giorno in lacrime maledicendo l'amore.

Fumava piccoli tiri di canna.

Hai visto?, ha detto scrollando i capelli e piegando la testa leggermente in avanti.

Ti sta bene, ho detto.

Si era fatta una frangetta, corta, che le copriva appena la fronte.

Avevo paura di sembrare una scema, ha detto.

Mi ha raccontato dei suoi studi di moda in un'università privata molto costosa. Ha detto che non sa se è la sua strada quella, ma per ora deve continuare, vuole finire l'anno almeno. Per la retta, l'affitto e il resto si arrangia: se li paga con una rubrica settimanale su un giornale web e gli streaming, soprattutto, tre-quattro volte a settimana. Il suo nome d'arte è Fleur, e l'abbonamento al suo canale costa dodici euro al mese. Ha un centinaio di subscriber, quanto basta per pagare le spese e per mettere via pure qualcosa. Non le interessa crescere piú di tanto. Il set era camera sua. C'erano lampade speciali, teli, ramoscelli aggrovigliati di lucine bianche. Maschere, tuniche di seta bianca, foglie di alloro. Creme, gel lubrificanti, intimo di vario genere. Mi ha chiesto se poteva mostrarmi qual era la sua mise preferita. Io ho detto sí.

Ha voluto che mi girassi. Mi sono girato, ma la potevo comunque scorgere nel riflesso di uno specchio sulla porta aperta. Si è piegata per togliersi i pantaloni. Si è sfilata la maglietta. Nel riflesso la vedevo solo di fianco, la sua pelle bianchissima, certi nei. Intanto mi parlava. Mi ha chiesto se l'altro giorno in macchina aveva fatto qualcosa che mi ha messo a disagio. Io le ho detto di no. Lei si è scusata comunque. Mi ha detto che certe volte con gli occhi fa delle cose strane, e mette a disagio le persone. Lo sa, ma non lo fa apposta. Deve sempre scusarsi per questo. E anche per altro. Per tutto, in realtà, ha detto. È un difetto che ha preso da sua madre, si scusa sempre, anche quando sarebbe lei a dover perdonare.

Le ho detto che in realtà sí, avevo percepito qualcosa, ma che non mi aveva dato fastidio. Lei mi ha chiesto cosa. Non le ho saputo dire. Ha detto che non era mai riuscita ad agganciarsi cosí nel profondo con qualcuno, senza dover nemmeno parlare. La capivo. Lei è uscita dal riflesso. Mi ha detto ora girati pure.

Sono passato a prenderla un pomeriggio presto. Lei non aveva mangiato. Aveva solo bevuto un bicchiere di succo, come avevo fatto io.

È meglio cosí, ha detto, altrimenti la tossina ti fa venire i crampi.

Ha detto che voleva andare in un posto che conosceva lei. Mi ha indicato la strada. Io ho guidato. Ascoltavamo della musica a basso volume. Siamo passati da via Bandiera, l'abbiamo percorsa tutta. I raggi obliqui dell'ultimo sole si riflettevano sul parabrezza e tra gli alberi grigi. Le fabbriche, i capannoni, le lunghe manifatture abbandonate, gli slogan antagonisti e le affissioni sbiadite dei circhi e dei compro oro davanti ai discount. Le prostitute fronteggiavano le strade come sentinelle. Aspettavano agli angoli in posa. Gioia si è girata a guardarle. Loro le hanno restituito occhiate stanche.

Fuori città abbiamo preso una strada secondaria verso le colline, fino alla sommità di una di quelle, verso il parco del Belvedere, un eremo disabitato circondato da rovi e cipressi. Abbiamo parcheggiato la macchina in uno spiazzo e proseguito a piedi. I prati erano ricoperti da un compatto strato di neve ghiacciata, che nel sole luccicava. Ci abbiamo camminato sopra. Ne abbiamo attraversato uno fino al suo centro, dove spuntava un piccolo rudere antico di pietra chiara, una vecchia torre-granaio senza soffitto con sole tre pareti rimaste in piedi.

Ho dovuto spegnere il telefono, perché Jem mi aveva chiamato, e io non avevo risposto né la prima né la seconda volta. La terza volta ho lasciato che finisse di squillare, e ho spento.

Gioia aveva una tasca di funghi, da cui avevamo iniziato a pescare già in macchina. Abbiamo continuato mentre passeggiavamo. Erano morbidi, croccanti, e sapevano di legno.

Mi ha mostrato il rudere, i sassi che cadevano entro il suo perimetro, le frasi d'amore e i simboli satanici disegnati sui mattoni. Mi ha raccontato che su quella collina erano stati trovati i resti di un tempio di Venere, sopra il quale era stato poi costruito il santuario. E che un tempo, si dice, in una grotta sull'altro versante, una ninfa teneva alimentato un fuoco, conservando il mistero della maternità.

In terra, tra le pietre coperte di calce, le assi rotte e i resti di altri accampamenti, abbiamo trovato, sparse per tutto il rudere, delle conchiglie. Le abbiamo raccolte. Erano sbiancate, polverose. Ne abbiamo fatto un tumulo. Gioia ci ha soffiato sopra.

Nel cielo ancora azzurro la luna già sorta traspariva come uno spettro. Il sole declinava con una lentezza cosmica che riuscivamo a percepire. È stato il primo effetto.

Abbiamo esplorato i dintorni a piccoli passi. Nel silenzio le cose apparivano come epifanie. Le staccionate che delimitavano il prato; le campagne secche che scendevano sulla costa a valle. Un grande albero ci è comparso davanti in un'altra radura poco piú in là. Doveva essere una quercia, o un frassino. Abbiamo provato ad arrampicarci. Siamo arrivati al terzo ramo. Quanto bastava per poter scorgere il mare oltre il bosco. A quel punto i funghi sono entrati nella fase piú intensa. Cercavamo di controllarne gli effetti col respiro. I bordi delle cose si deformavano. Dentro i loro contorni fluivano come sostanze vive, pulsanti. Respiravano. Noi ridevamo, confrontavamo le nostre sensazioni. Dentro e fuori da lunghi silenzi a cui ci lasciavamo andare insieme. Lei sentiva il sapore del cielo, io tastavo le rocce.

Nel sole che tramontava le nostre voci rimbombavano creando geometrie. Ci facevamo eco. La natura era evidentemente composta da simmetrie, ripetizioni, schemi perfetti. Toccavamo la neve, le pietre, i tronchi, i rami secchi in terra.

Abbiamo acceso un fuoco, un piccolo fuoco, protetti all'interno del rudere. Guardavamo il cielo che scuriva e ci parlavamo: la realtà è tutto ciò che può essere? Esiste un limite oltre cui non c'è piú niente? A guardarle, le stelle oscillavano come appese a delle bave di luce, lo facevano con quella stessa lentezza cosmica che in quel momento pareva risolvere ogni cosa. Ci sembrava di orbitare, o di avvolgerci come bisce. Gioia ha bruciato dei foglietti su cui aveva scritto delle poesie, una raccolta che avrebbe dovuto intitolarsi *Prima Piena*. Li aveva portati apposta. Voleva liberarsene. Bruciarli uno alla volta. Intanto parlava di Emily Dickinson, del padre che aveva avuto, delle api, della sua solitudine. Di come la pensava spesso.

Per lei era una martire e una sorella. Una donna davanti alla cui opera prostrarsi come si farebbe davanti al dolore dell'umanità. Le hanno cucito le labbra, per loro era una strega, ha detto.

Mi ha raccontato pure di certe altre cose che aveva letto in quel periodo. Delle rune, degli indovini, delle divinità naturali. Dei ragazzi uccisi nei campi, con i quali le antiche regine si accoppiavano prima di offrire il loro sangue agli dèi. Un mondo fatto di riti e parole segrete, comandato da chi ne disponeva. Si pregava, ci si accoppiava, poi si annegava la terra nel sangue.

Questa cosa ha fatto ridere istericamente entrambi. Ero spaventato, ma ridevo. Lei rideva e offriva al falò i suoi foglietti, lasciandoseli bruciare tra le mani, abbandonandoli solo all'ultimo.

Siamo rimasti fino a tardi. A un certo punto abbiamo iniziato a bere acqua per smaltire piú velocemente il veleno. Abbiamo fumato qualche canna per atterrare con piú dolcezza e passare il tempo. Un paio di ore dopo siamo risaliti in macchina, e molto lentamente ce ne siamo tornati in città. Le strade mi sembravano oscillare. Stringevo il volante come se stessi guidando sulla schiena scivolosa di un enorme serpente di luci che strisciava infinito sul mondo. Gioia rideva, ma pure lei aveva paura, me l'ha detto ridendo. Anche io ho riso, stringendo sempre di piú le redini di quel mostro sinuoso.

Mentre scendevamo la collina e riprendevamo la strada che conduce in città, guardavo talvolta in alto, la luna chiara nella notte. Provavo un terrore superstizioso. Ridevo. Gioia la indicava. Diceva che un sacrificio le sarebbe dovuto. Che fiumi e venti non potevano piú fecondare la terra. Ci voleva un uomo, il cui sangue di re avrebbe dovuto sgocciolare sulle braci tra le pietre o nel mare direttamente, riempiendo l'uovo che la luna metteva a disposizione. Ho riso molto, ma l'orrore mi aveva scurito i pensieri. La paura di dover essere io a finire sgozzato e seppellito sotto i campi come una bambola di grano mi aveva rimesso al mondo. L'ho pregata di smetterla. Lei mi ha accarezzato la guancia. Ha detto: Va bene.

Nel parcheggio di casa sua ha voluto fermarsi un secondo. Si è accesa l'ultimo mozzicone di canna e mi ha chiesto cosa ne pensavo dell'amore. Io ho sgranato gli occhi. Ho detto che non ne sapevo molto. Ci ho riflettuto un attimo, lei mi ha lasciato fare. Poi ho detto che amare male è uguale a non amare. L'avevo sentito in un film. Era l'unica cosa che mi veniva in mente, anche se non rispondeva proprio alla domanda. Lei ha concordato. Era contenta che non le avessi risposto con certezza. Ha detto che l'amore era un discorso, non un verdetto; che non era necessario accertarlo. Che era una domanda da continuare a porsi, ma a cui non ci si doveva nemmeno sentire obbligati a rispondere.

Mi ha dato un bacio sulla mano. Ha detto grazie ed è scesa. Sulla porta si è girata, mi ha salutato. È sparita nella luce del giro scale.

Ho pensato che forse io e lei saremmo stati bene insieme, ma pure che la sua magia, la sua brace, avrebbe potuto spegnersi a contatto con un sangue freddo come il mio. Per lei sarebbe stata la fine, per me imperdonabile.

Davanti al portone di casa ho trovato Jem che mi aspettava. Mi sono ricordato di avere ancora il telefono spento.

Aveva girato lí per ore, aspettandomi, e adesso stava per andarsene.

Sei arrivato giusto in tempo, ha detto.

Era seccato, mi rimproverava qualcosa. Mi ha chiesto dove ero stato. Gli ho detto da Pingu. Ha farfugliato qualcosa sul fatto che quel giorno avremmo dovuto fare un qualcosa insieme, ma non ho capito. Lui non ha spiegato. Era solo incazzato perché non gli avevo risposto. Dovevamo fare qualcosa, ripeteva. Voleva qualcosa. Ma non sapeva neanche lui. Ho sospettato che fosse ubriaco. Biascicava. Aveva le labbra gonfie e gli occhi lucidi e spenti. È diventato patetico. Ha detto qualcosa su Gioia, che gli sembra che lo eviti, mentre secondo lui dovrebbero stare insieme, che vorrebbe sposarla. Era incazzato anche per questo, ma piú triste, mortificato. Ha borbottato qualcos'altro, ha sputato in terra, poi se ne è andato.

Sono tornato da Gioia qualche giorno dopo. È stata lei a chiamarmi. Voleva passare del tempo insieme.

Il poco tempo che ci resta, ha detto. Se ti va puoi anche fermarti a dormire.

La sera prima era stata a sentire musica a caso al *Vega*, un club in zona industriale.

Peccato che non c'eri, mi ha detto, avrei voluto prendere del drift con te. Sei l'unica persona con cui mi piace prenderlo. Con te riesco a essere me stessa, come quando sono da sola.

Sono entrato in casa sua a bordo delle mie vecchie scarpe da skate modello X Wing nero-dorate sporche di fango e lei mi ha abbracciato senza pensarci. Me le ha fatte togliere solo dopo.

Mi ha detto che le ero mancato, e quasi si metteva a piangere. Scusa, mi ha detto, oggi sono un po' emotiva.

Ha versato del vino rosso in due calici spaiati, rubati in qualche locale. Io il mio non l'ho toccato, perché quel giorno ero astemio. Abbiamo fumato una canna rollata da lei a bandiera. Aveva appena imparato. Ha bruciato la carta in eccesso muovendo le labbra come se parlasse o recitasse una formula. Ha soffiato sulla fiamma e fatto cadere la cenere sul tappeto.

Si è sdraiata appoggiando la testa sulle mie gambe. Fumando si accarezzava le cosce con il dorso delle dita e le unghie. Il fumo saliva dalla canna in misteriose spire blu. Ascoltava.

Le ho parlato di Jem, di come ci siamo conosciuti, di come riesca a sopportarlo, di come ci siamo lasciati l'ultima volta. Le ho chiesto se ne sapesse qualcosa, visto che non si era piú fatto sentire e non rispondeva al telefono. Ipotizzavo che avesse dei debiti. Lei non ha saputo dire.

Jem è solo una ragazzina arrogante, ha detto poi, sospirando, non mi interessa piú niente di lui. Io voglio stare solo con te.

Ho fatto finta di non sentire. Lei mi ha passato la canna, girandosi di pancia.

Hai capito?, ha detto.

Sí.

Mi ha morso la coscia, poi mi ha guardato con occhi pieni.

Ne ho voglia, sai? Mi hai fatto venire voglia.

Si è alzata e si è spogliata, come presa da un improvviso entusiasmo. È rimasta in mutande davanti a me, coprendosi le tette col braccio, i calzini ancora indosso.

Ho sentito il sangue sciogliersi nelle arterie del collo, impazzire, diffondersi tipo marea.

Ora?, le ho detto tremolando.

Non ora, ha detto, non posso. Si è toccata la pancia, poi tra le gambe.

Ti ho detto, oggi sono un po' emotiva.

Ma allora...?, Le parole escono spezzate dalla mia gola vuota.

È andata in camera ed è ritornata con una candela. L'ha accesa e ha spento la luce. Dalla finestra buia ora si scorgevano le luci della città, che vista dall'alto assomiglia a una lingua incandescente che scivola dalle colline verso il mare e lí si perde, sparisce.

Ha fatto un giro su sé stessa nel fremito della fiamma, per farsi vedere. La luce calda le scolpiva i fianchi.

Che ne pensi?, mi ha detto con la lingua tra i denti scoperti in un sorriso.

Ho risposto qualcosa, ma a quel punto mi aveva già sfilato i pantaloni e me lo succhiava inginocchiata tra le gambe. Come nei porno, ho pensato. In una mano reggeva il calice di rosso, lo teneva in bilico, e con l'altra si aiutava.

Io voglio solo te, mi ha detto, continuando con la mano, vorrei morire insieme a te mentre te lo succhio. Gli occhi neri le brillavano commossi nella luce tremula della candela. Vorrei leggerti una poesia mentre te lo succhio. Dedicarti una poesia.

Ho provato a dire qualcosa ma un'elettricità che andava e veniva dal cervello mi rompeva la voce.

Ci è voluto poco. Il vino del calice oscillava verso i bordi. Sono venuto senza preavviso, un secondo dopo. Lei ha sorriso, scoprendo i canini. Ha alzato il calice e me l'ha svuotato sul cazzo con fare solenne, bisbigliando parole incomprensibili.

Quando me ne sono andato lei sembrava triste. Come una che sapesse di dover rifare ogni cosa da capo, ripartendo però da una metà già fatta da altri. Sembrava inorridita da questo, gelosa e incazzata per quello che fino ad allora le era mancato.

Dài una carezza a Jem da parte mia, mi ha detto sulla porta, ma tu ricordati chi sei. Cosa sei tu per me.

Ero rinato in quel bagno di vino, che lei mi aveva sprecato addosso.

Mi sono tenuto la faccia. Ho rovesciato la fronte al cielo. Gli occhi li ho lasciati chiusi a godere nel buio.

Se avesse voluto toccarmi le mani, forse l'avrei allontanata. Avrei fatto male.

Sono tornato a casa e mi sono acceso una sigaretta alla finestra per schiarire i pensieri. Nel corpo mi si era come diffusa una sostanza calda e sensibile, soprattutto nelle gambe, una sorta di sonno.

Quello che lei era per me, non lo sapevo. Quello che voleva, neanche. Cercava qualcosa in me che non sapevo, una strada che sgorgasse, forse. Una via nascosta da intraprendere a piedi scalzi, fidandosi l'uno dell'altra. Ma non capivo fino a che punto, se per lei ero luce o cibo, occasione o durata. Certo sembrava che in me non vedesse pregi o difetti, e che invece mi considerasse privo di caratteristiche. Davanti a me poteva sorridere libera, sospendere il giudizio che rende le cose generalmente impegnative e ci vincola. Mi piaceva sentirmi cosí, desiderato come si desidera il riposo. Mi piaceva riflettere questo suo desiderio di semplicità, accontentarlo.

E comunque non la capivo. Sembrava vivere come se le capitasse di farlo, ma sorridere come se volesse solo quello. La invidiavo. Batteva le ciglia e scopriva i denti, e io mi lasciavo fare come mai mi era successo con nessuno. Parlava come una sorella, una vergine, una strega, ma lei era soltanto una voce che abitava un corpo magro. Spargeva polline. La ascoltavo incantato. Avrei voluto essere lei.

Per il modo in cui parlava, evanescente, sibillina, avrei detto che fosse venuta al mondo per dare un nome alle cose, il suo nome, come una natura che insegue le sue parti e le strega. Batteva le ciglia. Mostrava i canini. Cercava le mani che abbandonavo al fianco. Le mie mani sterili. E io che scansavo le sue, fertili, vive. Mi ha pulito la pancia con un fazzoletto di carta chiedendomi scusa, dicendomi che lei vorrebbe solo conoscermi fino in fondo, come un'amica. Ha incendiato il fazzoletto sulla candela, lasciandolo bruciare nel calice vuoto.

Mi sono svegliato di punto in bianco, come se non avessi mai dormito. Ho aperto gli occhi nel mio letto e lei non c'era piú. Non c'era mai stata. Ora posso dirlo, ho pensato, non esisto: sono. Sprecherò volentieri me stesso a questo modo. Sprecherò volentieri un uomo per esprimere un fiore.

Jem è ricomparso con uno zaino di droga rimediato chissà dove. A credito, mi ha spiegato quando sono andato a prenderlo in stazione. Aveva già trovato un contatto a cui mollarlo. Dentro c'era un chilo di fumo, che avrebbe piazzato all'ingrosso, grattandosi via circa mille euro. Una buona cresta per lui, abituato come era a vendere decelli sgrami fuori dalle scuole e a farsi derubare dai marocchini in bici tra Santa Maria e piazza Dante.

Era la sua via d'uscita, mi ha spiegato. Cosí posso darmi ancora un po' di tempo, ha detto.

L'ho accompagnato una sera con la mia macchina. L'appuntamento era alla darsena con due tipi di fuori. Non so dove li avesse trovati, questi. Mi ha solo detto di fidarmi, che era una cosa sicura.

È andato tutto storto. Quando siamo arrivati i due ci aspettavano in una macchina rossa, una Seat, parcheggiata in un piazzale dietro gli ex edifici doganali. Noi la nostra l'avevamo lasciata piú distante, per scrupolo. Faceva un freddo schifoso. Io sono rimasto qualche passo indietro, le mani in tasca, ma pronte a fendere l'aria. Jem li ha raggiunti senza paura. Si sono scambiati due parole, poi Jem gli ha aperto lo zaino davanti mentre l'altro ha tirato fuori una busta. Si stavano preparando allo scambio, ma a quel punto la situazione è precipitata. Una volante è sbucata lampeggiando nel parcheggio. Sono scesi due poliziotti che ci hanno puntato le torce dritte in faccia. Un'altra volante è giunta a rinforzo. Jem ha mollato lí il suo bazar ed è corso via saltando un guardrail. Io dietro di lui. Non ce ne siamo neanche accorti. Le gambe hanno fatto tutto da sole. I due sgherri ci hanno inseguiti per qualche centinaio di metri. Ci siamo divisi, a un certo punto. Io ho scavezzato verso una via secondaria e mi sono nascosto nel giardino privato di un palazzo. Jem l'ho visto tirare dritto sulla promenade e sparire nel buio verso la spiaggia. I due sbirri entrambi dietro di lui.

Sono andato da Pingu e ho passato la notte sul divano. Non ho dormito molto, l'esaltazione e la paura mi avevano dato una sorta di febbre. Un crollo di nervi. L'adrenalina non scendeva, e nella notte una voce sembrava parlarmi, rimproverarmi. Mi svegliavo ogni pochi minuti. Sbigottito, con la tachicardia, col pensiero di dover chiamare Jem, che aveva però la segreteria. L'insonnia mi aveva stregato, ero nervoso e poco lucido, mi giravo e rigiravo in preda a visioni di puro orrore giudiziario. Inoltre, il cane dei vicini, un pitbull, ha pure continuato ad abbaiare e ringhiare senza motivo dal giardino di sotto, come se volesse farmi sgamare. Lo avrei ucciso con una lama se ne avessi avuto la sbatta.

La mattina, quando mi sono svegliato, ho trovato sul telefono una chiamata persa: Gioia. Era qualche giorno che non ci sentivamo. L'ho richiamata. Mi ha detto di andare da lei. C'è qui Jem, ha detto, vieni a prenderlo.

Mi ha aperto senza dire niente. Avevo il fiatone, l'ascensore era fuori servizio e il cuore mi batteva ai limiti dell'infarto. Lei sorrideva snervata dietro un velo di luce fredda.

Jem era seduto sul divano. La giacca indosso, le scarpe ai piedi, le mani vuote. Quando mi ha visto entrare si è alzato ed è uscito senza salutare. Dietro di sé ha lasciato cadere piume nere sporche di sabbia. Ha sceso le scale senza aspettarmi.

Accompagnalo a casa, ha detto Gioia, poi torna qui, se ti va. Ho voglia di stare con te.

Le ho detto che non sapevo. Che dovevo recuperare la macchina.

E poi Jem..., ho detto.

Allora passa quando vuoi. Va bene. Io ti aspetto, sono qua, non vedi? Io ti aspetterei per sempre. Ma non farmi sperare inutilmente, non dimenticarti di me.

Jem era in strada. Mi aspettava guardando nel vuoto. Il cielo grigio della mattina lo calpestava. Le mani in tasca. Serio e fottuto come un giovane dio-cacciatore caduto nella sua stessa trappola. Mi ha chiesto una sigaretta, che ha fumato in silenzio mentre camminavamo verso la fermata del bus.

Non ha voluto parlare. Siamo rimasti seduti sulla panchina aspettando in quella luce morta. Gli ho chiesto dove volesse andare ora. Lui non ha risposto. Gli ho chiesto che cosa ci facevamo lí. Mi ha guardato un istante. Restava in silenzio, come se mi stesse assecondando, o mi volesse rinfacciare qualcosa. Era fottuto e lo sapevo, il fumo, i soldi, inutile rimarcare l'ovvio, ricordargli soltanto la sua sfortuna senza poterlo aiutare.

Gli ho chiesto dove era finito la sera prima, con cautela. Inutile. Mi ha detto basta, hai rotto, puoi immaginarlo. Agitava il ginocchio e si guardava nervosamente intorno. Gli occhi gli si struggevano nello sconforto e nella paura. Ha voluto fumare un'altra sigaretta.

Sono fottuto, questo è, ha detto. Lo capisci? Come faccio adesso?

Non so, ho detto fumando con lui.

Lo so io. Le cose sono due. Cazzo, mi viene da piangere. Allora o me ne vado via per sempre, oppure...

Oppure?

Oppure niente, dài. Adesso che pure Gioia... che merda. Ma tu lo sai meglio di me, no?

Cazzo, ho detto mortificato. Mi sono messo le mani in tasca e ho guardato dritto davanti a me. Avrei voluto chiedergli scusa. Toglierlo da quell'imbarazzo. Ma non si può svelare un segreto già svelato, soprattutto a un amico. Ho lasciato stare. Ho sperato che il mio silenzio valesse abbastanza.

E dove vuoi andare?, gli ho chiesto.

Ha stretto le mascelle. Ma che devo fare, allora? Ha lanciato la cicca accesa in strada.

Fare qualcosa. Non so, ho detto.

Mi ha guardato assassino.

Ma vaffanculo, ha detto alzandosi, andandosene come se non avesse aspettato altro fin dall'inizio.

Gli ho urlato dietro non mi ricordo cosa. Lui non ha risposto ed è sparito a grandi passi nel grigio della via.

Sono rimasto seduto a strofinarmi le mani, facendo finta di riflettere. In realtà ero solo molto confuso e avevo sonno. Un principio d'asma e voglia di crepare. Gli occhi cerchiati. E pure una nausea che veniva dal fondo del petto come un rigurgito aspro. Un senso di vomito e di colpa, un nervoso. Mi sentivo un mazzo di fiori marci nello stomaco. Un vaso di acqua stagna rovesciato nelle viscere.

Sono tornato sui miei passi calpestando neve sporca. In alto uno spettro di sole che non faceva ombre e dominava solo sulla sensazione di bianco che si spargeva sulle sue terre abbandonate. Un bianco che saliva dalle strade pestate, che abbagliava i passanti della mattina in questo dicembre senza fine.

Gioia era sorpresa nel vedermi rientrare cosí presto. Mi ha aperto come prima, con lo stesso velo di luce opalescente che annebbiava i suoi occhi e la sua sagoma. Mi ha accarezzato la guancia, la barba di piú giorni. Ho lasciato che facesse. Sentivo il suo profumo di stoffa. Il freddo del metallo che le decorava le dita. Gli anelli, le pietre nere. Era scalza. Dentro era caldo. I radiatori a palla nel bilocale. Ascoltava dub a basso volume. Con un saltello mi ha preso il polso e mi ha tirato dentro. Questa è l'ultima che mi rimane, la stavo tenendo per te, ha detto, siediti. Mi ha passato la canna che ha riacceso dal posacenere. Mi ha guardato fumare. Ha fumato un po' anche lei, poi di nuovo io. Ci siamo guardati, in silenzio.

Avevo paura che non tornassi, ha detto.

Ho detto che non ne aveva motivo. Lei mi ha preso la canna dalle mani e l'ha riposta nel posacenere, poi ha alzato il volume della musica. Mi ha baciato alla sprovvista. Non lo aveva mai fatto. Aveva il sapore dolce dell'erba. L'ho baciata a mia volta. Mi ha tolto la maglietta. Mi si è seduta sopra e mi ha accarezzato le spalle. Io non mi sono mosso. Mi sentivo debole, inibito e passivo come in un sogno di stanchezza. Le ho toccato appena i fianchi. Lei non voleva. Mi ha detto non ora.

È bello questo momento, non trovi?, ha detto. Quasi perfetto. Stare insieme, noi due.

È bello quanto può esserlo, ho detto, almeno quanto te.

Non dire cosí, ti prego, mi fai venire troppa voglia. Mi ha preso il viso tra le mani. Vorrei... capito?

Basta che... basta che non mi tocchi le mani.

Mi ha portato in camera sua e si è spogliata. Ha abbassato le tapparelle quel tanto che bastava perché restassimo in penombra. Mi si è buttata a fianco.

Voglio che mi scopi come nei sogni che faccio, mi ha detto all'orecchio. Fallo piano, voglio sentire tutto.

Una lama di luce ci trafiggeva sul letto. Era il primo pomeriggio del mondo, l'ultimo giorno. Fuori i vapori azzurrini dell'inverno. Ci siamo raggiunti un po' alla volta. La bocca, la pelle.

Mi sei mancato, ha detto ansimando. Troppo, ha detto aggrappandosi alla mia schiena. Io da te mi farei fucilare, dritto nel cuore.

Mi sono fermato un istante. Ho sollevato la testa.

Io però... Gioia, non so.

Non importa, mi ha interrotto lei.

Dimmi la verità.

È la verità. Non è solo amore. C'è dell'altro. Ha sospirato piegando la testa, occhi chiusi, offrendomi il collo che le ho morso facendole quasi sanguinare la pelle.

Mentre stavo per venire mi ha detto di no. Mi ha preso il cazzo in mano e l'ha stretto.

Non venire, ha detto, fai come me. Stammi di fronte. Ha sorriso mostrando i canini appuntiti.

Le sono venuto sulla pancia.

Lo sapevo, ha detto lei, leccandomi il mento.

Ha riso mentre io tornavo a respirare, ritrovando il controllo del mio corpo.

Ero ancora sospeso sopra di lei. Rideva coi suoi occhi neri. Li capovolgeva e sembrava appena nata, pure lei. Rinata nella marea che la rilasciava.

Adesso sputami sulle labbra, ha detto.

Cosa?

Fallo.

Le ho sputato sulle labbra. Lei mi ha scalzato e si è voltata. Si è nascosta il viso tra le mani e ha urlato di andarmene.

Perché l'hai fatto?, piagnucolava.

Mi sono seduto sul letto. Le guardavo di sottecchi la schiena, perplesso. Il suo corpo tipo reliquia, scoperto sopra il letto.

Oppure resta, se ti va, ha sussurrato, ma fammi vedere la mano.

Le ho mostrato il palmo, quello ferito.

Lei si è girata. Lo ha guardato. Ho avuto un brivido.

Posso?, ha detto.

Ho annuito. Mi sono fatto coraggio.

Si è seduta anche lei e mi ha preso la mano tra le sue. Ha passato un dito sulla cicatrice, rosa e liscia.

Sta guarendo, ha detto, si è rimarginata. Mi ha guardato contenta.

Ho annuito.

Lei si è succhiata la lingua. Ha arricciato le labbra e ci ha sputato sopra. Con le dita ha spalmato la saliva.

Vuoi sapere cosa c'è di altrettanto bello?

Sí.

La fine, Remo. La conclusione.

Ci siamo sdraiati. Mi ha baciato la fronte con le labbra calde. Accarezzandomi le palpebre, mi ha fatto addormentare.

Ho sognato che scopavamo su una panchina, a due passi da una grande città, che vedevamo dall'alto. Le venivo sul viso, come nei porno. A lei piaceva. A me no. Le chiedevo scusa. Lei mi perdonava, ma con riluttanza, non ne vedeva il motivo.

Non ci siamo visti molto dopo quella giornata. E neanche sentiti. Sembrava che ci evitassimo. Nel nostro rapporto si era come aperta una frattura in cui ci nascondevamo. Avevo questa sensazione. Io la pensavo, ma aspettavo che fosse lei a cercarmi, chissà perché. Era come se guardassi fuori da una trincea.

Lei non so cosa facesse in quei giorni, forse mi aspettava allo stesso modo, forse pensava già ad altro, mi aveva lasciato andare.

Poi un giorno mi ha scritto. Era seccata. Chiedeva se ero vivo, e perché non le avessi piú risposto. Non capivo. Ho riguardato la chat. Appena sopra, un messaggio suo della settimana prima, che dovevo aver segnato come letto, e poi avevo lasciato lí. Mi sono agitato. Le ho risposto subito, era notte.

Era una giornata di foschia, attraverso cui si poteva fissare il sole senza bruciarsi.

Sono passato a prenderla, e mentre guidavamo senza meta lei mi parlava di una partenza. Non ha voluto spiegare. Sembrava una cosa poco chiara anche in lei. Ne aveva già accennato altre volte, ma non dava mai l'idea di pensarci sul serio, come se fosse piuttosto una metafora. Poteva essere un'aspirazione concreta, o una nostalgia. Le ho chiesto cosa intendesse, ma lo immaginavo. Non ha risposto e ha cambiato discorso. Io l'ho assecondata, lei ha fatto una smorfia e si è ripresa la mano che stringevo nella mia.

Capivo che mi aveva perdonato, ma entrambi sapevamo che in quella crepa si era depositato dello sporco, che era velocemente penetrato in profondità.

Siamo arrivati in alto sulla punta di una collina, seduti in macchina di fronte alla città ormai illuminata.

Era tutta presa da certi pensieri, di cui voleva parlarmi. Io la ascoltavo in silenzio. Si era accorta che qualcosa stava cambiando, diceva. Qualcosa in lei, di soltanto suo. Parlava con oscuro entusiasmo del rinascimento femminile, dell'apice della saggezza femminile, che stava schiacciando l'ottusa arroganza maschile e liberando il mondo dal dolore e dal pianto. Io non capivo se fosse un discorso generale o si riferisse a noi, ma le ho comunque creduto. Non faceva molta differenza. Ero d'accordo. Sono ancora d'accordo che gli uomini abbiano ormai fatto il loro tempo.

È cosí sotto ogni aspetto, diceva, l'universo maschile è in declino, quello femminile è appena agli inizi.

Io ho annuito. Lei ha continuato, era convinta e fiera. Sembrava volesse litigare.

La vostra sensibilità, la vostra emotività, le poche volte che riesce sincera è sempre... piagnucolosa, ha detto. Quella femminile invece è una felicità, anche quando viene dal dolore. Una luce. La vostra è sempre una reazione, un preludio di morte; la nostra è una rivoluzione, una gioia di rinascita.

Non so se fosse connesso, ma poi ha parlato pure di noi due. Aveva sognato i miei occhi la notte prima, erano aperti su di lei, ma non la vedevano, la cercavano senza trovarla. C'erano anche i suoi, ma guardavano altrove. Dovevo proprio essere andato, come tutto il genere. Schiacciato dalla sua apoteosi. Ne sarei stato contento, però soffrivo. Ha detto che secondo lei non era un problema non sentirsi, che avremmo potuto crescerci dentro a vicenda. La distanza secondo lei non contava.

Importa sapersi ballare dentro, darsi vita. L'amore è una circostanza, ma può anche non avere luogo. Purché non desideri un limite.

Io le ho dato retta. E forse ho sbagliato. Dovevo dirle che non era cosí, se non altro per dimostrare di aver colto.

Prima di salutarci mi ha detto che sentiva di star tornando protagonista della sua vita, dopo una lunga presenza come comparsa nelle vicende altrui. Si sentiva bene. Non voleva rinunciarci.

Le ho detto: Ci sta. Ero contento per lei. Soffrivo.

Quella notte ho sognato che ci baciavamo sul divano, ma i nostri volti erano cancellati. Poi, mentre insieme attraversavamo un labirinto di muri taggati all'alba, senza voltarsi mi spiegava cosa era per lei l'amore. Come inizia e come finisce. Come lo si dimentica. Ricordo solo che a un certo punto bisognava prendere una propria foto, seppellirla a faccia in giú, poi bruciare dei fiori in un lavandino recitando il suo nome.

Gioia.

Mi sono svegliato e sono sceso da lei. Era già sera. Mi sembrava di aver capito qualcosa di definitivo.

Sotto casa sua ho rallentato il passo e mi sono chiesto cosa fosse giusto fare. La sicurezza iniziale era svanita, non avevo capito proprio niente. Malizie e paranoie avevano cominciato a divorarmi. Al posto di quelle certezze determinanti, il terrore di aver frainteso tutto. Con orrore ho iniziato a credere di essermi immaginato, o di averle ispirato io per esasperazione quei discorsi, per allontanarla da me, per una qualche convenienza che neanche io sapevo spiegarmi, proprio nel momento in cui aveva piú bisogno di me. Forse, mi dicevo, sono stato io a indurla meschinamente a quei pensieri, per paura di essere io a espormi e a tirarmi fuori come inconsciamente volevo, e attribuivo a lei una responsabilità che non avevo il coraggio di prendermi.

Nel gelo ho suonato il citofono, piú di una volta, ma non ha risposto nessuno. L'ho chiamata e le ho scritto un messaggio supplicandola di rispondermi. Mi sono immaginato il telefono abbandonato in qualche piega di stoffa.

Ho aspettato che qualcuno uscisse dal portone e mi sono infilato dentro. Ho lasciato impronte di fango sulle scale. Davanti alla porta del suo appartamento mi sono chiesto quale fosse il patto tra di noi, la promessa che avevamo consacrato sul fuoco della sua candela. Non mi ricordavo. C'era mai stato?

Mi sono sentito senza viscere. Incapace di amore. Ambiguo come un fantasma che torna a implorare perdono.

Mi ero portato dietro una bottiglia di tequila, che tenevo in mano, e una busta di erba. Servivano come rinnovo del pegno. Volevo farla ubriacare, farla fumare, e poi ascoltarla parlare tutta la notte, come si fa con le sibille. Ho suonato il campanello ma non funzionava. Silenzio sommato al silenzio. Un passo nel vuoto. Un gesto che è restato un gesto, perso in sé stesso.

Il suo nome, incollato con un adesivo sul campanello, era stato grattato via.

Ho bussato, infine. Una volta, due volte. Con le nocche, col palmo, col pugno. Con la testa. Mi sono fracassato lo scheletro contro quella porta, senza cavarne altro che un suono sordo come il mio dolore.

Sono sceso in strada. Avevo capito tutto, e allo stesso tempo non sentivo piú niente, a parte il sale delle lacrime che mi invadeva le narici e gli occhi, e la tequila che scendeva e saliva nella mia gola annodata.

Lei voleva solo essere mia amica, o amarmi, forse, con quella leggerezza che io non pensavo possibile, educato come ero a riconoscere solo le cose che corrispondono a un modello. Ero stato un codardo, come ogni uomo convinto del proprio ruolo. Per lei non era mai stata una questione di ruoli. Tutta quella contentezza di stare insieme, stramba ma senza pretese, che io avevo umiliato, era il suo modo piú sincero di offrirsi. Il suo dono piú grande. Che non dovevo ricambiare, soltanto averne cura.

Lei era volata via e io non sapevo piú dove stare. Fiocchi di neve mi entravano nel colletto mentre mi trascinavo nel silenzio oscuro delle strade. In alto una luna neanche piena, ferma come me in un cielo di cose che ballano. Intorno, una città gelida che si rimangiava da sola tipo germinazione in rewind.

Niente mi sarebbe piú piaciuto da quel momento in poi. Tutto mi sembrava fatto di pietra bucata, abitata da fantasie irrealizzabili, soffocata da quella merda di neve che, io lo sapevo, ci cadeva addosso già sporca, cosí lenta per seppellirci nel suo silenzio.

Mi sono addormentato in macchina, sdraiato sui sedili di dietro. Vaneggiavo di una qualche partenza improvvisa o di un colpo di Stato, ma lei non era stata rapita o costretta ad andarsene, non c'era nessuna frontiera che avrei dovuto attraversare per ritrovarla, nessun governo da rovesciare per darci speranza. Ero io il rimasto, quello da salvare.

Si era ripresa tutto. E io avanzavo.

Ero arrivato all'ultimo, pieno di buone intenzioni ma senza piú idee, con un calice di candeggina in cui annegarci insieme, mentre lei già se ne andava verso la sua fortuna, come si era promessa.

A ripensarci le sarei bastato anche per quello che ero, purché smettessi di rimuginare. Ma io ci arrivo sempre dopo.

C'è chi dentro ha una formica, chi un pitbull, chi la candeggina.

E c'è chi dentro non ci vuole proprio niente, perché si sente libero cosí.

Capitolo secondo

Raggi di luce per don P.

Ho incontrato Cristo in stazione una sera che andavo di fretta. Cristo è un ragazzone coi capelli rossi corti e il collo tatuato tipo Mara Salvatrucha che gli spunta da un giubbotto Subaru giallo-nero tutto pieno di sponsor. Fa l'operaio in una cartiera e mette incinte le ragazze per fare la cresta sui sussidi e godere delle agevolazioni abitative.

Mangiava un kebab da solo, seduto a un tavolino in strada, nonostante il freddo. Guardava il telefono e sorrideva. L'ho salutato. Lui mi ha salutato e prima di aggiungere altro mi ha mostrato il video di una scimmia che a bordo di una mini moto provava a rapire una bambina. Voleva che ridessi con lui. Ho riso. È venuto subito al dunque. Io avevo fretta, ma lui ha insistito comunque per dirmi questa cosa. È incazzato con Jem, mi ha detto. Se lo becca, mi ha detto, gli rompe la faccia.

Ho annuito.

Quindi?, gli ho chiesto.

È tuo amico, no?

Sí.

Bene. Sono tre mesi che mi deve quei soldi.

Quali soldi?

Dei soldi.

Vuoi che…

Cosa?
Non so.
Non farmi incazzare anche tu.
Vuoi che gli dica qualcosa?
Digli che sono incazzato, che se lo trovo e non ha i miei soldi gli rompo il muso.
Perfetto.
Ciao bel, in gamba.

Con Jem era quasi un anno che non ci parlavamo, dalla storia di Gioia circa, e di certo non lo avrei risentito per dirgli quella cosa. Non me ne importava niente dei suoi debiti, avevo altro per la testa.

Già comunque mi immaginavo in che situazioni doveva essersi messo. Appeso in casa come un pipistrello, pieno di debiti, a fumarsi tutto il pez preso in compra invece che venderlo. Sparito dalla circolazione come gli capitava di fare di tanto in tanto. Magari il pez lo rivende pure, ma senza criterio, andandoci in perdita, e quindi merda. Jem non ha mai fatto niente con ordine, questo è da dire. Non ha mai tenuto dei conti per esempio, nonostante sia un tirchio e un paranoico in quel senso. Si preoccupa, ma non fa mai niente per non doversi preoccupare.

L'ho incontrato per caso. Eravamo entrambi al funerale del padre di un nostro amico che fino all'ultimo avevo pensato di paccare.

Jem sbadigliava in un angolo della stanza dove ci eravamo ritirati per il rinfresco organizzato dalla famiglia.

Mi sono avvicinato. Ci siamo salutati col mento, poi gli ho raccontato di Cristo. Ha fatto spallucce. Ci siamo presi un drink. Lui era già avanti.

Sono scappato, ha detto.

Era scappato di casa. Da quasi due mesi. Ora stava da questo certo suo amico dentista, che lo faceva dormire da lui e gli teneva le cose in casa, uno zaino e una borsa.

Devo presentartelo, ha detto, un bel tossico di ketamina.

Era stato un po' anche da Franco, mi ha detto, ma la situazione era eccessiva, e cosí se ne era andato.

Mi ha fatto schizzare male.

Che ha fatto?

Non hanno senso le cose che dice.

Ah, lo so.

Poi vive nella merda. Sai che vuole entrare in comunità?

Ah.

Sí. Me ne sono andato appena ho potuto.

L'inverno quell'anno stava arrivando presto, un altro inverno, e Jem non aveva ancora trovato come sistemarsi. A dire il vero, sembrava non averci neanche pensato.

Quel pomeriggio al funerale dopo il drink abbiamo fumato una canna nel cortile del nostro amico, senza farci vedere, poi ci siamo sfilati via salutando frettolosamente.

Abbiamo girato un po' in macchina. Jem ha fatto battute scandalose sul morto che non facevano ridere nessuno dei due.

Gli ho chiesto quanti soldi gli doveva, a questo Cristo. Lui ha fatto spallucce di nuovo. Ha detto: Una robetta, cinquecento euro. Ma a te che importa? Perché continui a chiedermelo?

Gli ho detto: Cosí, per sapere.

Lui ha detto che quello era anche poco, e che c'era uno a cui doveva i veri soldi. Quasi duemila, mi ha detto.

Gli ho chiesto perché non si trovava un lavoro, per ripagare i debiti e poi ricominciare da capo.

Un lavoro?, ha detto.

Quella sera siamo andati al ristorante di Pingu, appena fuori dal centro.

Il ristorante era dello zio di Pingu, che di tanto in tanto ci lavorava come tuttofare.

Siamo arrivati tardi, e siamo rimasti a bere schnapps fino a dopo chiusura.

Con Pingu, sul retro, abbiamo parlato dei giaguari che mangiano l'Lsd, dell'esplosione di Černobyl', dei *nudes* trapelati su Telegram di Kamala Harris, con la quale, ha detto, lui vorrebbe prendere delle pillole in una stanza buia e parlare della Palestina.

Io gli ho mostrato il video della scimmia, quello di Cristo. Lui quello di alcuni capanni nei boschi a cui aveva dato fuoco.

Ah, gli ho detto scrollando.

Gli ho chiesto che gusto ci trovasse. Lui ha detto che gli piace.

Abbiamo pippato del drift fino a tarda notte appoggiati al bancone, parlando di Rudolf Hess e di massoneria P2. Abbiamo bevuto pink lady in tazze di rame e guardato video dell'11 settembre.

Intorno alle tre di notte Jem ha chiesto a Pingu se voleva venire con noi a fare una cosa. Pingu ha passato. Ha detto che avrebbe dormito lí sul tappeto, a casa c'era il cane dei vicini che lo tormentava.

Io di questa cosa non sapevo niente, ma ero abbastanza ubriaco da esserne entusiasta.

Siamo arrivati nel parcheggio di un bar in un sobborgo fuori città. Il bar di un centro sportivo. Jem ha detto di fermare la macchina. Era un piazzale di ghiaia e polvere, vuoto, confinante con un campo da calcio. Le ruote hanno scricchiolato. Ho parcheggiato in un angolo buio dietro gli spalti in legno e ho chiesto a Jem come aveva in mente di fare.

Stando ai suoi calcoli, il bar che ci trovavamo davanti, che non aveva insegne e neanche un nome, aveva già chiuso da un pezzo, ma i nuovi baristi dimenticavano sempre le finestre del bagno aperte. Lo aveva notato negli ultimi giorni, frequentandolo.

Guardava fuori veramente male. Singhiozzava. Gli occhi incrociati.

Prima di andare, ha voluto fumare una sigaretta appoggiati alla macchina. Cosí abbiamo fatto.

Ho in mente due o tre cosette, ha detto.

Gli ho chiesto che intendesse.

Se ci stai, qualcosa di buono verrà fuori anche per te, vedrai.

Gli ho detto va bene, e di spiegarmi meglio.

Ti ricordi di don Pamela?

Certo, perché?

Vedrai, non ti immagini neanche in che razza di cose si è messo.

Che fa?

È una sorpresa, fidati di me. La prossima volta che mi chiama, chiamo anche te.

Ci abbiamo impiegato un secondo. La finestrella del bagno era aperta a basculante e non è stato difficile aprirla del tutto. Ci siamo infilati dentro con semplicità, lui ha spinto dentro me, poi io l'ho tirato su per le spalle.

Il bar era buio. Dalle vetrate filtrava la luce bianca dai faretti esterni degli spogliatoi. Ci siamo guardati intorno. Ho chiesto a Jem: E quindi?

Ci siamo avvicinati alla cassa e l'abbiamo aperta con la chiave che era stata lasciata nella serratura. Dentro, poche decine di euro.

Merda, ha detto Jem, che poveracci.

Ci siamo decisi a bere un bicchiere di amaro e a fregarci qualche scorta, piú le sigarette.

Abbiamo lavato i bicchieri, poi abbiamo preso dei sacchi della spazzatura e li abbiamo riempiti di pacchetti di sigarette e tabacco. Abbiamo anche trovato uno scatolone con delle stecche. Ci siamo portati via tutto.

Con Jem c'era sempre la sensazione di star perdendo il controllo. Quella sera abbiamo pigiato la refurtiva nel baule della macchina e siamo andati nella palestra dove gli capitava di dormire ultimamente.

Ci siamo infilati lí dentro strisciando per un condotto coperto da una botola sul retro.

Siccome era stata la palestra delle nostre scuole superiori, mi sentivo tranquillo, nonostante il vuoto paranoico che ci si spalancava davanti tipo buia vertigine.

Ci siamo seduti sugli spalti, illuminati solo dal neon di emergenza sulla porta, a bere una bottiglia di tequila e a fumare le sigarette rubate.

Siamo rimasti in silenzio a lungo, scambiandoci qualche rara parola, pensando ognuno a chissà cosa. Quel posto mi aveva ricordato della volta che in tre – Nic Pollo, il Visi e il Sagra – lo avevano aspettato fuori dal cancello della scuola per vendicarsi della sua faccia da stronzo. Lui aveva tirato fuori il coltello che si portava sempre dietro e quelli se l'erano battuta, per tornare poi il giorno dopo e menarlo alla sprovvista con un bastone. Nello stesso periodo avevamo picconato delle slot in un bar, rubato l'incasso di una sagra degli alpini ed estirpato le piante di erba coltivate clandestinamente da un amico che avevamo pedinato apposta tutta l'estate.

Gran periodo, ho detto.

Lui ha fatto spallucce.

E ora?

Cosa?

La verità era che non riuscivo piú a spiegarmi la nostra amicizia. Jem era come quella gramigna che ricopre i mucchi di terra nei cantieri fermi. Io invece non sapevo bene a cosa paragonarmi. Credo che lui lo percepisse, il mio distacco.

Ci avevo pensato negli ultimi mesi, a cosa ci tenesse legati. Eravamo davvero come due fratelli, o alimentavamo soltanto un loop di azioni insensate tanto per farci compagnia? Ho iniziato a sospettare che la nostra amicizia si fondasse su un equivoco.

Alla fine gli ho chiesto di Gioia. Come eravamo rimasti.

Lui ha detto: Niente di grave.

Gli ho chiesto se l'avesse piú sentita.

Lui ha detto di sí, e che era anche andato a Copenaghen quella primavera, a trovarla.

Ah, gli ho detto. Mi è mancato un secondo il respiro.

Si erano messi d'accordo per mail, ha detto, ma lei gli aveva dato l'indirizzo sbagliato e non aveva piú risposto. Cosí lui si era preso un ostello ed era andato a puttane.

A Christiania, mi ha detto poi per chiuderla lí, spacciano la droga gratis.

Gli si incrociavano gli occhi.

Gli ho anche chiesto perché fosse sparito tutto quel tempo. Che cosa avesse fatto a parte Copenaghen.

Non ha voluto rispondere. Ha detto solo che per lui era naturale, che non ci ha pensato troppo, che non pensava che me la sarei accollata in quel modo.

Non ho detto altro, ero bello ubriaco anche io.

Forse lui era solo un gangster, uno scappato, e io un traditore imperdonabile. Non volevo che venisse fuori questa cosa. Alla fine non mi interessava, mi stavo divertendo.

Ci siamo alzati e abbiamo girato un po' lí intorno, discutendo di come organizzarci con le sigarette, ma senza impegno, soltanto per fantasticare.

C'era odore di cloro e plastica lisa. Le luci di emergenza sembrava ci trasformassero in ologrammi. Due fantasmi azzurrini. Se ci fossimo seduti in mezzo al campo da basket sotto quella vertigine, come poi abbiamo fatto, sarebbe stato come sparire.

Ho detto a Jem che quello era un liminal space.

Lui ha detto: Eh?

Gli ho detto che quel posto era un limite esso stesso.

Cazzate, ha detto lui.

Abbiamo vomitato a turno nelle turche e abbiamo fumato le ultime sigarette nella palestrina di judo al piano di sopra, seduti sul tatami. Jem mi è collassato al fianco, parlandomi mentre si addormentava. Ha detto che non era stato lui a decidere, ma che ero stato io. Gli ho chiesto che cosa intendesse. Lui non ha risposto. Aveva gli occhi chiusi e la bocca aperta, svenuto in terra vicino a me. Sembrava una farfalla senza ali che provava a mordere l'aria in sonno, come se cercasse un corpo attraverso cui riposare.

Per vendere le sigarette ci abbiamo impiegato due settimane buone. I soldi li ho lasciati a Jem senza dividere, perché io ne avevo abbastanza per via della Naspi e ho immaginato che lui ne avesse piú urgenza. Non ha esitato, ha detto: Bella, ed è sparito per un mese.

Ho saputo di lui da Franco, una volta che l'ho visto a una serata reggae-dubstep al *Cso*. Mi ha detto che non l'aveva sentito, ma aveva saputo che era tornato a casa dei suoi, dormiva nel loro garage.

Io in quel mese mi ero lasciato andare a sogni e paranoie, ubriacandomi in camera e morendo assiderato. Camminavo in solitudine per le silenziose vie del quartiere, fumando erbone tachicardico. Incidevo sigle sulle panchine con l'Opinel. Guardavo cinema psycho sudcoreano e mi facevo pare su me stesso. In quei giorni ho scritto la storia di una puttana a sei zampe che vive in un container. Per farlo ho dovuto pensare alla mia interiorità, per capire quanto ci fosse di mio in quel personaggio; ma anche all'interiorità in generale, che non è separata dal mondo esterno e quindi non ci appartiene. Ho pensato che essere intimi tra due o piú persone significa mettere in chiaro questa cosa. Non vivere piú in trincea. Dare via la propria identità. E finalmente. La follia di sentirsi un uno col tutto non è meno straniante che la follia di sentirsi un tutto in sé stessi. Pazzi per pazzi, vale quantomeno la pena darsi la possibilità di amare ed essere amati.

Jem è ricomparso di punto in bianco chiamandomi una mattina presto per darmi un appuntamento quella sera stessa all'*After*. Era euforico, pieno di idee senza senso e battute. Gli ho chiesto se avesse preso qualcosa. Lui ha detto di no, che aveva solo bevuto un bicchiere, e che non aveva dormito. Gli ho chiesto se fosse sicuro. Ha detto solo una punta di bamba, e mezza bottiglia di tequila.

È comparso sulla soglia del locale con un mezzo sorriso disegnato sul mento. Si è seduto di fronte a me e ha ordinato con la mano alzata due victory punch.

Allora?, gli ho detto.

Niente, ha detto lui slacciandosi il giubbotto. Pieno di pula diocane.

In lui c'era qualcosa di asimmetrico. Di storto. Di sinistro. Teneva una mano in tasca, la destra. Con l'altra beveva.

Ti trovo sbilanciato, gli ho detto.

Lui ha ruttato e riso cordialmente. Che cazzo dici?, ha detto. Lavorare stanca. Forse è quello. Guarda qua, ha detto indicando il tavolo con gli occhi lampeggianti. Mi ha passato una busta da lí sotto. Ocio, ha detto. Me la sono aperta tra le gambe. L'ho richiusa subito. Ho rialzato la testa. Mi sono guardato intorno. Cazzo, gli ho detto a bassa voce. Lui si è ripreso la busta sottobanco. Ne hai mai visti cosí tanti?

Quanti sono?

Tremila, tondi.

A chi li devi?

A nessuno. Questi sono la nostra via d'uscita. La nostra svolta.

I soldi li doveva a Cristo, a cui aveva chiesto un altro anticipo per potersi rifare e ridargli tutto in una volta. Cristo, per proteggere il suo investimento, aveva acconsentito, anche perché Jem gli aveva promesso un interesse.

Nel sole pallido della mattina del giorno dopo sono passato a prendere Jem nel suo garage.

Lui è salito in macchina con gli occhi depressi e pieni di croste. Si era appena svegliato e aveva una voce granitica. Mi ha detto dove saremmo dovuti andare. Non aveva fatto colazione, per questo fumava sigarette a nastro, cosí ha detto.

Mentre imboccavamo la superstrada mi ha raccontato un sogno di onde che si infrangono, di lui che ne veniva risucchiato. Aveva a che fare con Franco, diceva, perché c'era anche lui nel sogno, ma non ricordava bene.

Era dispiaciuto per il modo in cui erano andate le cose con lui.

Gli ho chiesto come e mi ha spiegato che tra di loro si erano create delle distanze. Che Francoboy ormai lo guardava sempre fuori dal buco del culo, come se gli avesse stuprato la sorella con le dita. Parole sue.

Non vorrei che pensasse che non voglio piú essere suo amico, ha detto. Io gli voglio bene, dài. Solo che certe volte mi fa proprio incazzare. Come fa a credere a quelle cose, eh? Non capisco.

Lascia stare, gli ho detto.

Non lascio stare. È un mio amico. Ci tengo.

Sí ma è lui che vuole crederci. Non è uno stupido.

Invece sí.

Sta cercando un senso come tutti.

È un complottista.

È quello che gli pare. A te che importa. Se sei suo amico, sei suo amico. È solo un periodo, vedrai. Un passaggio. Non è sempre stato cosí. Un giorno se la sgamerà fuori.

Però, anche tu che dici tanto, alla fine sei il primo a stargli lontano.

Infatti. È confuso, inaffidabile, fuori dal mondo, sono d'accordo con te, ma va bene cosí.

Vorrei riempirlo di botte certe volte. Fargli capire.

Ma non rompere il cazzo, Jem. Non ti ha fatto niente. Lascialo perdere.

Riempirei di botte anche te quando mi parli cosí.

Cosí come? Cazzo vuoi?

Mi viene voglia di menarti.

Ma crepa.

Siamo rimasti qualche minuto in silenzio. Jem fumava e si mangiava le unghie. Io guidavo.

Quando siamo arrivati al punto di incontro abbiamo ricominciato a parlare. Era un posto da zingari, il piazzale di una vecchia fabbrica mangiata dai rovi.

Jem è uscito dalla macchina ed è andato ad appoggiarsi a una cabina elettrica sul marciapiede. Il telefono in mano. Non c'erano ombre a quell'ora. Dopo un tot un marocchino in ciabatte gli si è avvicinato, si è fermato a una certa distanza da lui e gli ha fatto un cenno. Jem lo ha raggiunto e lo ha seguito verso la fabbrica. Sono entrati da un buco nel muro e sono spariti alla mia vista.

Io sono rimasto in macchina a fumare e a guardarmi intorno. I muri scalcinati e quel sole freddo che li spaccava. La zona industriale sotto le montagne sembrava un deserto di cocci appuntiti. Qualche furgone tratteggiava la strada, qualche pedone, qualche bangla in tuta da lavoro col casco giallo in mano. Distanti, le gru del cantiere navale.

Jem è ritornato in cinque minuti con una borsa della spesa in mano, è salito in macchina e siamo ripartiti.

Abbiamo nascosto il pacco in un bosco. Jem aveva recuperato una vanghetta dal suo garage e con quella abbiamo scavato una buca. Siamo dovuti salire a piedi per un sentiero e poi inoltrarci tra gli alberi.

Scendendo, Jem mi ha detto che lo aveva chiamato don Pamela per la sua giornata speciale, e che quel pomeriggio tardi lo avrebbe visto. Mi ha chiesto se volessi andare con lui.

Gli ho chiesto di cosa si trattava e lui è rimasto vago. Ha detto che non me ne sarei pentito.

Perché non vuoi dirmelo?

Vieni e vedi, poi se vuoi puoi menarmela, sempre che non te l'abbia già menata abbastanza il prete.

Cosa?

Sto scherzando, sto scherzando.

Location: Santuario della Madonna della Salina, detto dei gabbiani. Abbiamo scalato i tornanti che salgono sulle colline alle spalle della città. Il santuario si trova in una radura panoramica, tra sassi e ulivi. Solo un'altra macchina stava parcheggiata al bordo della strada. Jem l'ha indicata: È lui.

Abbiamo girato intorno all'edificio. Una chiesetta di quelle che aprono solo durante il patrono. Dietro l'angolo, che guardava verso la valle, un uomo teneva le mani dietro la schiena. Una stringeva il polso dell'altra.

Buonasera, don, ha detto Jem con una voce che non gli avevo mai sentito.

L'uomo si è rivolto a noi con degli occhi azzurri sanguinolenti e comprensivi. Assomigliava a George Lucas, con quella barbetta grigia che gli coronava la pappagorgia.

Adriano, ha risposto lui. Alla fine è venuto anche il tuo amico. Bene, bene.

Jem si è girato verso di me.

Remo, lui è don Pamela, ha detto.

Avete fame? Ho dei tramezzini prosciutto e carciofi in macchina.

Ho pensato: Che schifo.

Il prete sospirava per i cazzi suoi, rigirato verso la vallata.

Un assaggio d'abisso, prima del salto, ha detto abbassando lo sguardo.

Si è girato verso di noi. Inarcando le sopracciglia. Ha guardato me di sottecchi, poi Jem.

Siete qui per giocare al ragazzo d'oro, vero?

Sí, ha detto serio Jem.

Cos'è? Cosa vuol dire?, ho fatto io.

Non lo sai? Non gli hai spiegato, Adriano?

Adesso vedi, non è niente di difficile.

Abbiamo seguito don Pamela dentro la chiesa. Ha aperto la porta con una vecchia chiave. Faceva freddo. Era buio. Ci siamo stretti nelle giacche. Don Pamela ha acceso dei lumini. Li ha disposti sull'altare e su alcuni banchi lí intorno. Ora la luce ci ballava intorno tipo rave. Sembravamo noi stessi delle fiammelle. Scontornati in quell'atmosfera dai forti contrasti. C'era silenzio. Fuori il vento faceva cantare il bosco.

Don Pamela si è tolto il giubbotto di pelle. Poi il maglione. Si è sbottonato la camicia. Sul petto il tattoo di una rondine. Un torace robusto ma non grasso. Villoso. Si è inginocchiato davanti a noi. Aperte le braccia. Alzati i palmi vuoti. Restava in quella posizione tipo candelabro. Chiusi gli occhi, ha cominciato a muovere le labbra recitando formule che non sono riuscito a sentire. La cosa è durata poco. Jem gli si è avvicinato a passi lenti abbassandosi la cerniera dei pantaloni. Si è tirato fuori il cazzo. Mi ha detto di fare lo stesso, di non essere timido. Ero incerto, ma senza paura o ribrezzo. Mi sono avvicinato anche io. Mi sono abbassato la cerniera e ho tirato fuori il cazzo. Ha iniziato Jem a pisciare. Io gli sono andato dietro, dopo essermi concentrato un attimo. Abbiamo innaffiato per bene don Pamela, che è rimasto quasi impassibile. Recitava le sue preghiere sputacchiando il nostro piscio. Gocciolava. Gli abbiamo rigato la pelle di rivoli. Lo abbiamo testimoniato col piscio, il nostro ragazzo d'oro. Lui si lasciava testimoniare. Avrebbe voluto che gli testimoniassimo il cazzo. Come chiunque. Tutti vogliono qualcuno che gli testimoni il cazzo. Che ne condivida il peso. La vergogna.

Quando finiamo ci risistemiamo e lui apre gli occhi. Come se lo facesse per la prima volta. Come se vedesse per la prima volta. Guarda Jem in maniera esclusiva. Gli prende le mani. Lo ferma mentre si sta risistemando. Gli prende il cazzo in bocca. Jem lo guarda dall'alto. Gli accarezza i capelli mossi. La barba sul mento, sulla mascella, sul gozzo. Il prete lo sta succhiando rumorosamente. Io mi giro. Esco senza fare scalpore.

Cinque minuti dopo. Jem mi ha raggiunto fuori dalla chiesa e si è acceso una sigaretta. Non parliamo. Dietro di lui il prete. Evita il nostro sguardo. È rivestito. Ha proseguito oltre di noi per una ventina di metri e si è inginocchiato in mezzo al prato.

Andiamo?, ho detto io.

Aspetta, ha detto lui.

Don Pamela si è slacciato i pantaloni e ha iniziato a menarselo in mezzo al buio. L'ombra di un piccolo dio del bosco, obbligato a nascondersi per ritrovare sé stesso. È venuto poco dopo, rallentando la mano fino a fermarsi.

Ce ne siamo andati, silenziosi ma ridanciani. Jem in macchina mi ha mostrato il denaro. Seicento euro in tagli da cinquanta, di cui duecento miei.

Peccato che non lo voglia fare piú spesso, ha detto mettendo la mia parte nel cruscotto.

Gli ho chiesto se lo facesse spesso.

No, appunto. Lo farei anche di piú, tanto, non è mica niente. No?

Hai ragione.

Cazzo sí.

Ti ha mai chiesto di fare altro?

Direi di sí.

E tu?

Non so, è una cosa piú seria. Mi ha offerto un mucchio di soldi per...

Sí?

Sí.

E tu niente?

Non ancora, ma ci sto pensando, ti dico. Sai come l'ho sempre pensata. La vita è cosí. Certo bisogna saper leggere il gioco, ma il resto è una buttata. Anche una cosa del genere... mi ispira, no? Anche solo da dire, no? Poi è un'occasione clamorosa, ti dico.

Non ci vedo niente di male.

Pensavo che mi avresti moralizzato.

Ho fatto spallucce.

Siamo scesi verso la spiaggia e ci siamo fermati a fumare sul molo. Jem continuava a grattarsi e sistemarsi i pantaloni. Fumava tranquillo, guardando gli ultimissimi raggi di sole evidenziare la linea dell'orizzonte sul mare già scuro.

L'unica cosa che avrei voglia di fare adesso, mi ha detto, sarebbe spaccare tutto e andarmene. Farmi scoppiare alle spalle questa città con uno schiocco di dita e andarmene in Olanda.

Ho annuito. Era serio.

Non voglio fare come quelli che si trascinano di giorno in giorno con la loro opera in mente, e non ci si mettono mai, e ci pensano sempre che verrà quel giorno, e non lo sanno che in realtà stanno pensando alla morte.

Ma chi?

L'ho riportato alla palestra e lí ci siamo lasciati. Lui mi ha detto che per qualche giorno voleva stare lontano, non accelerare troppo le cose. Un paio di giorni almeno, e poi rimettersi, per non attirare strane attenzioni da parte dell'autorità o dei suoi creditori.

La settimana dopo mi richiama, era passata mezzanotte e io stavo nel letto a rimuginare aspettando di addormentarmi. Voleva che lo andassi a prendere alle Fratte, in culo ai lupi su per la valle, dove Francoboy per un qualche motivo lo aveva piantato. Sulle prime l'ho sfanculato, ma lui ha insistito. Per quanto acuisse la voce, non mi faceva pena. Solo quando arrendendosi ha detto sconsolato: Ok, va bene. Allora ho dovuto sbuffare e dirgli che ok va bene un cazzo, ci sarei andato, ma che me l'avrebbe pagata. Lui ha detto: Certo, ti pago quello che vuoi.

Quando sono arrivato l'ho trovato seduto su un paracarro sotto l'insegna del paese, nel buio completo. Fumava con la mano a coppetta e incrociava gli occhi. L'ho illuminato coi fari. Mi ha mostrato i denti. Ci ho impiegato un attimo per capire che stava sorridendo.

Appena è salito ha iniziato a dire che voleva andare a bere un giro. Un negroni, un negroski, un pink lady, quel cazzo che mi pareva. Voleva prendere bamba in stazione, o in Santa Maria, o ovunque ce ne fosse. Ma non aveva abbastanza soldi con sé. Mi ha scroccato cinquanta euro e un passaggio fino a un benzinaio di sua conoscenza sulla tangenziale, dove l'ho aspettato in auto col motore acceso.

L'ho guardato entrare nello spaccio Eni dietro le pompe. Indossava un cappotto autunnale grigio smisurato in cui si stringeva. Sotto i neon della pompa l'ombra di un malessere ironico che lo perseguitava, maledetto pipistrello verticale, pieno di amore avanzato.

Tirava vento in quella zona all'imbocco della valle. Il genere di vento infedele che sfoglia i giorni e ne porta i segreti disperdendoli. Ci sono certe situazioni, pensavo, che allo stesso tempo mi esaltano e mi deprimono, e che per questo mi sembrano impossibili da vivere spontaneamente, come se dovessi di continuo capire.

Ho pensato che potesse essere una di quelle. C'era lì intorno una luce sfocata e finale. Mi sono subito acceso un'altra sigaretta, per pensarci meglio.

Non ci ha messo molto. Con le mani in tasca l'ho visto uscire da lí e corricchiare verso l'auto.

Franco domani va in comunità, ha detto dopo un tot. È per quello che abbiamo litigato.

Che è successo?

Ci siamo picchiati.

Mi ha mostrato le nocche arrossate.

Ha fatto bene a lasciarti lí, allora.

Tsk.

No?

Voglio ben vedere come ne esce da questo rehab.

Come vuoi che ne esca?

Secondo me, peggiorato. Tu non sai che razza di brain washing ti fanno in quei posti. Per di piú, è una comunità di preti.

Ma, per la bamba?

Chiaro.

Siamo andati da me a fumare un cappioncino in camera e a farci due botte sul telefono.

Ti ricordi quella volta, mi ha detto, quella volta che in Thailandia ti ha punto quell'insetto?

Mado'.

Che sei rimasto una settimana nel letto con la febbre e alla fine ti sembrava che fosse passato un anno o piú?

Me lo ricordavo eccome.

Che strano, no?

Era il veleno.

L'altro giorno sono stato da Pingu.

Ok.

Quella casa ha qualcosa di malvagio.

Lol, cazzo dici. Perché?

In quelle stanze non ci entra mai il sole.

Ok, e quindi?

Mi stavo chiedendo, tu ti ricordi quando l'hai conosciuto, Pingu?

Ci ho pensato un secondo. In effetti non mi ricordavo di preciso.

Non proprio, gli ho detto.

Infatti, ha detto lui pensieroso, neanche io. E sai cosa, neanche Franco a quanto pare se lo ricorda.

Non capisco.

Non lo so, Remo. Quella volta in Thailandia, non ti so dire quanto ci siamo rimasti. Non lo so se siamo mai ritornati per davvero.

Siamo sempre da capo. Rifacciamo sempre tutto da capo.

Un paio di settimane dopo mi sono trovato quello scalpo di Cristo sotto casa. Era un primo pomeriggio e lui era vestito da lavoro.

Mi ha detto solo che se entro una settimana non gli ridavamo i soldi che ci aveva prestato avrebbe fatto un casino.

Ho lasciato intendere che non capivo.

Lui ha pensato che volessi fregarlo e mi si è fatto vicino, gonfio, ma senza prepotenza. Ha detto che non gli interessava quello che avevo da dire, che lui voleva indietro i soldi che aveva prestato a Jem e a me.

Gli ho spiegato che io non c'entravo niente.

Cristo è sembrato capire, almeno in parte, la mia situazione, ma senza rabbonirsi. Mi ha detto che Jem non gli risponde da dieci giorni, che lo cerca in giro ma non lo trova. Che nessuno sa dove sia finito.

Gli ho detto che anche io non sapevo niente di Jem da una vita.

Non lo avevo cercato perché volevo tenermi alla larga in quel periodo, per non farmi coinvolgere troppo nelle sue loscate, ma evidentemente non era servito. Ho detto anche questo.

Cristo mi ha detto che va bene, mi capiva, ma per quanto lo riguardava il debito era anche mio.

Trova il tuo amico e sistema questa cosa, mi ha detto.

Ha sputato in terra e se ne è andato.

Ho trovato Jem in palestra che dormiva, quella sera stessa.

L'ho scrollato. Lui si è svegliato tutto paranoico. Pensava che fossi della sicurezza.

Porca troia, mi ha detto, mi hai spaventato.

Gli ho spiegato la situazione e gli ho chiesto alzando la voce che cosa c'entrassi.

Lui ha detto che Cristo voleva delle garanzie, e che avrei avuto la mia parte, sistemati i conti.

Gli ho chiesto dove erano i soldi, o il fumo, non sapevo.

Lui ha detto che il fumo lo aveva venduto al volo a uno che stava alle torri, e i soldi li aveva restituiti a un altro a cui li doveva. Quindi ora non aveva niente.

Gli ho chiesto come pensava di fare con Cristo, cazzo!, ché quello ce l'aveva anche con me, per niente. Gli ho detto che era un coglione, e un amico di merda.

Doveva essere piuttosto avvilito, già prima che lo sgridassi cosí. Infatti non ha risposto. Ha sospirato guardando in terra.

Facciamo cosí, ha detto poi.

L'ho lasciato sotto casa di don Pamela, che si è poi rivelato non essere un vero prete, non piú da qualche anno, ovvero da quando era stato indagato e condannato per questioni legate a certi fondi destinati al mantenimento di un gruppo di migranti.

Aspettami qui, ha detto Jem. Non ci metto molto.

È saltato giú dall'auto ed è entrato nell'edificio, un complesso residenziale anni Sessanta.

Era la prima volta che lo vedevo andarsene in giro con quell'aria da malato, cosí spenta, senza un briciolo di entusiasmo. Non era da lui. Mi dispiaceva di averlo trattato con severità, non ne avevo il diritto, e in piú non serve mai a niente. Mi sono ripromesso di chiedergli scusa.

Ho fumato al finestrino. La precocità di quell'inverno mi faceva innervosire. Vapori siberiani avvolgevano i passanti e le architetture cittadine. Fumavo per noia, per farmi rapire. Per uscire dai miei pensieri ripetitivi.

Lungo la strada dovevano aver impiccato dei dissidenti. Tre o quattro. Ho immaginato di vederli penzolare dai lampioni come strani frutti invernali.

Vivere nella repubblica delle cose è dura a volte, ho pensato, meglio non farsi notare. Figuriamoci in questa città di cristiani iperdevoti e senza pietà. Se sei un druido come noi c'è da stare attenti a questi bigotti. I cristiani sono tutti figli dello stesso padre violento mangiasangue e si sfogano sugli altri per questo. Amano la morte. Vogliono la punizione. Essere indicati in cerchio per espiare la passione del proprio corpo, persi come sono nelle loro contraddizioni. Piangono in coro dopo aver ucciso o aver sofferto apposta. Piangono come dei nazisti, perché quando piangono di emozione gli uomini sono tutti dei nazisti, specie se si riuniscono per farlo.

Io andrei volentieri in giro col mio vincastro di fulmine a raggelare le cose. A trasformarle in altro, a confonderle. Ma verrei impiccato anche io. Come quando a tredici anni seppellii una croce di legno nell'orto della scuola perché mi inquietava. Fui impiccato.

Nel mio culto non ci nutriamo a vicenda di pane umano solo per saperci simili. Nel mio futuro non sprofonderemo cose inutili nel sacro e vivremo comunque bene. Nel mio culto, di sacro ci sarà solo la taciuta passione del sesso tra maschi, della psicofarmaceutica e dell'arredamento Ikea. Nel mio culto libero tutto trascorre e viene lasciato trascorrere. Gli alberi non hanno radici perché non ne hanno bisogno. I palazzi fluttuano. Le strade si incrociano nel cielo e non hanno uno scopo preciso. Io ve lo dico: porteremo finalmente a termine la rivoluzione del piacere, contro ogni tradizione. Contro il dolore e l'imbarazzo del già detto saremo talmente fluidi da essere imprendibili, non identificabili. A quel punto agli uomini non interesserà piú essere uomini, non avrà alcun valore, e saranno nella vita animali spiritosi privi di volontà, di opinioni. Avranno una visione ma la supereranno con un'altra cosí velocemente da arrivare a non servirsi piú neanche delle visioni, e via di questo passo. Agiranno liberi dal condizionamento. Facendo e disfacendo, come la loro moglie Penelope. Continueranno a superarsi, senza paura di ciò che si lasciano indietro. Non si fermeranno mai.

Jem è uscito dal portone ed è risalito in macchina. Doveva essere passata una mezz'ora.

Allora?, gli ho detto.

Lui ha tirato il fiato: Secondo te sto andando oltre?

In che senso?

Ci stavo pensando adesso. Si è acceso una sigaretta al finestrino.

Non credo. Perché?

Non so. Bene, comunque, perché a me non sembra di star andando oltre.

Oltre che cosa poi?

Appunto.

Ognuno fa come crede, se conosce i suoi limiti. Ognuno sa.

Ognuno sa quanto gli basta per salvarsi. Lo so.

Ho acceso il motore e siamo ripartiti.

Per don Pamela l'idea della salvezza non ha senso, ha detto. Per lui siamo già salvi.

Allora è una sorta di eretico, ho detto io.

Mi ha raccontato questa storia fottuta. Di una regina sbranata dai cani del suo guardiacaccia. Una metafora.

Che storia?

Adesso non me la ricordo. Era una metafora, per dire che non c'è mistero oltre il mondo. Che il falso è nell'aspettativa del vero. Tutto ciò che c'è, è già salvo, proprio perché c'è invece che non esserci. Secondo lui il principio della speranza è lo stesso della colpa, una forma di abbandono. Per lui la vita rimane, non si muore mai: quando si muore, si rinasce all'istante, nel nostro stesso corpo, e si rivive la stessa esatta vita. Uguale in ogni punto. Ogni scelta. Come se esistesse il destino, ma provenisse da noi.

Che angoscia, ho detto io.

A me dà sollievo, sapere che non c'è un'ipotesi diversa, mi fa ritrovare il controllo.

Ma quindi... avete parlato?

Anche.

Sí?

Sí.

E...

Mi ha dato questi. Per una roba cosí sono anche pochi.

Mi ha mostrato una busta con delle banconote dentro.

Quanti sono?

Mai abbastanza. Ma ci sono anche questi.

Mi ha mostrato degli ori che teneva sparsi in tasca. Una collana. Un braccialetto. Un orologio. Altri monili.

Vanno venduti, mi dice. Se facciamo in fretta è meglio.

Sopra di noi un cielo di quarzo prossimo al tramonto. Un netto presentimento d'ombra scurisce i muri dei palazzi. Vento che prende a schiaffi gli uccellini e spezza i loro voli.

Dobbiamo trovare un modo, ha detto Jem. Cagare i soldi che ci mancano, risolvere i debiti e andarcene in Olanda.

Scappa leprotto scappa, ho pensato. C'è una lama che ti viene a cercare all'aurora e ha la forma dell'ombra. Il dente che sbrana il tuo mondo, la parola che lo rivolta.

Jem si guarda intorno mentre navighiamo. Segue con gli occhi le coste fangose che ci passano intorno. Marciapiedi, insegne, serrande. Persone che ci si muovono intorno segnalando con insistenza il mondo. Sembra che interpretino un'ennesima versione della realtà, anch'essa destinata al reboot. Si agitano come anguille attorno ai suoi sguardi, che le pescano fuori dal fiume e le buttano a riva a dimenarsi per vivere.

Siete tutti dei poveri falliti, dice ancora Jem attaccato al finestrino. Le regole vi reprimono, i galatei vi mortificano, e intanto la vita vi sfugge. Vorreste affermarvi, parlare con le ragazze, avere sempre ragione, ma siete dei cani artificiali abituati alla catena, ecco cosa, soli e depressi. Ma sapete cosa vi dico? Lavatevi il culo dopo aver partorito l'ennesimo Natale. Aprite le mani. Sputateci dentro. Lavatemi il culo e fatemi venire. Io intanto muoio, tanto poi si rinasce. Muoio sempre il giorno dopo, mentre le parole che userete per ricordarmi ricoprono la fossa come terra lieve. È solo un altro giorno, coglioni. Siete già salvi, non lo avete ancora capito? Vivete nel passato del mondo come dei sassi che affondano. Io invece sono un leprotto. Scappo nell'erba lontano da voi.

Capitolo terzo

Aria ferma

A Pingu l'anfetamina non è mai piaciuta. Eppure lo dice ogni volta: Credo che non smetterò mai.

Ero a casa sua. Lo guardavo fare trazioni alla sbarra. Ha un fisico secco, nervoso. Tiene i capelli rasati a zero e gira sempre a petto nudo, la pelle bianca, ha un'anemone tatuata sul fianco.

Quando ha finito si è buttato sulla poltrona e ha rollato una canna della sua erba.

Abbiamo parlato dell'effetto del drift. Gli ho chiesto se per quella sera gli era rimasto qualcosa. Lui ha scosso la testa. Agitava il piede appoggiato al tavolino.

Hanno beccato uno che se lo faceva spedire, e un altro per caso a Brescia, ha detto, un gran casino. Una bella sbatta.

Ha acceso la canna. Me l'ha passata subito. Ho tossito. Era quasi un purino. Lui è rimasto serio. Si è passato le mani sulla testa nuda, ha tossito, ha scrocchiato le dita. Ha detto che dovevamo trovare un modo.

In casa ci vive lui praticamente da solo. Sua madre non c'è mai. L'appartamento era della nonna, mobilio pesante, scuro, i pavimenti cerati, scivolosi, graffiati, ricoperti da tappeti. Un corridoio lunghissimo, angusto, su cui si aprivano le tante stanze.

Camera sua, l'ultima in fondo, è un tempio del macabro. Sempre scura e in disordine. Ci siamo alzati in piedi fumando lentamente quella piva. Mi ha mostrato i suoi vasi. Ne ha preso uno in mano dalla mensola. Un groviglio di salamandre a mollo nell'alcol. Negli altri, tenuti in fila, lucertole, serpenti, falene e ogni altro genere di essere conservabile. Li ha chiamati i suoi fantasmi. Mi ha mostrato anche le sue teche, in cui spilla insetti. E poi le ossa di gabbiano e la collezione di chiodi arrugginiti che conserva in barattoli da tè.

Sul comodino teneva una copia di *Sorvegliare e punire*. Sopra c'era il teschio di un piccolo animale. Di tasso, mi ha spiegato.

Ha fatto delle chiamate, finché non è riuscito a raggiungere la persona giusta.

L'unico problema, adesso, ha detto, sono i soldi.

Ci abbiamo pensato su un po'. Non avevo idee. In tasca avevo solo cinque euro. Lui pure, qualcosa di piú, comunque non abbastanza per farci niente.

L'idea è venuta a lui, non ci ha impiegato molto, come se quella cosa la meditasse già da tempo. Io sono rimasto perplesso, gli ho chiesto se ne fosse veramente sicuro, perché insomma, dopo c'è solo il peggio.

Lui ha fatto spallucce. Ha detto: Me ne sbatto.

Abbiamo rovistato nei cassetti di sua madre fino a raccogliere un bel sacchetto di ori. Lui sapeva dove erano. In mezzo alla biancheria. Ha anche sputato in quei cassetti. Strega fascista, ha detto. E ha richiuso la porta.

Con quel tesoro in saccoccia siamo usciti verso un compro oro. Un sole marcio in cielo. Una luce corrotta che ci feriva gli occhi e sembrava riflettere il dentro delle cose, esporne la creazione.

Ha dovuto consegnare i documenti. Il commesso gli ha pesato i gioielli. Hanno pattuito un prezzo. Pingu ha intascato i soldi senza esitare.

Ci siamo seduti in piazza e abbiamo chiamato il tipo, che però ha smesso di risponderci. Abbiamo fatto un altro giro di chiamate, ma di gente che potesse aiutarci non ne abbiamo trovata. Tutti un pacco, a parte uno, Franco, il buon Francoboy, l'amico strappone di Jem, che abbiamo chiamato al volo per farci dare il suo numero.

Franco era uscito da un paio di mesi dalla comunità, e quel giorno al telefono ha pure insistito per beccarci. Ha detto che ci poteva aiutare, che conosceva uno che conosceva un altro.

Lui, in realtà, ha sempre fatto cosí, anche quando non ha niente per le mani. Non so perché ci siamo fidati.

È passato a prenderci col furgone della Coop, ci faceva le consegne. Era un veicolo commerciale, perciò Pingu è salito davanti, mentre io mi sono accucciato dietro in mezzo alle cassette con le spese. Abbiamo fumato una canna ascoltando un programma radio. La gente in strada scintillava. Angeli cagati nel mondo come gocce di luce mattutina. Occhi di rugiada. Sole a picco. Alla radio un medley di vecchie canzonacce italiane sfuma nella pubblicità di una polizza auto.

Franco ci ha detto che ha perso un sacco di soldi con le crypto. Quasi tutto, ci ha detto, ma fa lo stesso. Il mondo sta cambiando, ci ha detto. Se questo è il prezzo io ci sto. Mi va bene. Contatemi.

Indossava i suoi occhiali da ciclista alzati sui capelli biondi e puzzava di gel/sudore.

Ormai mi fido solo di chi ha il coraggio di vedere oltre, diceva. Le persone non cambiano volendo cambiare, ma lasciandosi cambiare. Quindi, fanculo, eccomi. Basta con questo vecchio modo di pensare, con questo sistema di cose, dobbiamo evolvere, trovare nuovi schemi. Fidatevi. È tutto un fallimento. Tutta una legge, una prigione. Ci controllano il cervello. Siamo tutti complici del sistema e non ce ne rendiamo conto. Cazzo ridete? Voi piú di tutti. Siete parte del gregge, credete alle loro bugie. Siete prevedibili. Fidatevi di me. Se non sanno cosa vuoi, come fanno a sapere chi sei? E se non sanno chi sei, come fanno a prenderti? A voi adesso non ve ne importa. Ma quando verrà il giorno dovrete pur scegliere.

Ci siamo fermati sotto un palazzo in zona ospedale.

Ho pensato che spesso le persone fanno le stesse identiche cose ma per motivi opposti, e non se ne rendono conto, e vanno comunque d'accordo. Ho anche pensato che le persone spesso fanno cose a caso e senza motivo, tanto per stare un po' in compagnia, per crearsi dei ricordi insieme.

Franco è sceso prima di noi e ha suonato un campanello. Ci hanno aperto. Siamo saliti con l'ascensore fino quasi all'ultimo piano.

Un gabber tutto ketamina in tuta policroma ci ha fatti entrare in un appartamento. Ci siamo detti bella, zio non puoi capire, fuori di testa. Abbiamo fumato un bong di amnesia olandese in cucina. Poi lui ci ha fatto sentire delle sue produzioni da un vecchio laptop ballando la hakken.

Alla fine tutto per niente, perché di sostanza da vendere non ne aveva, e non pensava neanche fossimo lí per quello.

Pensavo che foste i ragazzi del *Nefertiti*, ha detto a un certo punto. Quindi niente serata, immagino.

Franco, uscendo, ci ha detto che non se lo aspettava proprio, che era sicuro. Ci ha riaccompagnati a casa di Pingu e poi ha ripreso il suo giro di consegne.

Ci sentiamo, ha detto, vi faccio sapere.

A forza di digrignare i denti per la tensione, Pingu si è fatto esplodere un molare. Mi ha mostrato i pezzetti che ha conservato in una bustina di plastica. Sono passati un paio di giorni e di drift ancora niente. Pingu di questo non riusciva a capacitarsi. Sono arrivato da lui e l'ho trovato sdraiato sul divano a leggere un fumetto di fantascienza queer stampato in inchiostro rosa. Si tormentava il buco nella gengiva con la lingua. Mi ha detto che stava uscendo di testa, non aveva dormito per piú di un'ora. Colpa del cane dei vicini, mi ha spiegato, che veniva lasciato in giardino ad abbaiare agli alberi tutta la notte.

Si è tirato su a sedere sul divano e ha rollato una canna. Mi ha raccontato di quando da piccolo aveva infilzato il suo gatto con un ferro da calza. Mi parlava accarezzando il suo attuale gatto, Santiago, che gli si strusciava tra le gambe. Si era salvato, ma non aveva piú miagolato. Era morto vecchio, investito da un camion.

Pingu aveva lo sguardo tutto glitchato, sfasato. Quel cane che lo perseguitava lo stava proprio consumando. Un cane che viene dall'inferno, ha detto, lo sgozzerei con un coltello.

Si è alzato e riseduto piú volte. Lampeggiava. Davanti allo specchio diceva di non riuscire piú a capire, non si rivedeva. Guardava l'orologio, che però era fermo da tempo. Funziona un quarto d'ora ogni tanto, ha detto, ma io continuo comunque a guardarlo.

Mettiamo della drum'n'bass, che ci fa ondeggiare come creature di cartapesta mosse dal vento.

Il cane, intanto, continuava ad abbaiare. Ho chiesto se potevo vederlo. Ci siamo avvicinati alla finestra. Pingu è andato in camera, ha preso il fucile a piombini e l'ha caricato. Mi ha detto che potevo anche sparargli se volevo.

Ho annuito. Mi ha indicato questo pitbull in giardino che scodinzolava e abbaiava verso un cespuglio. Gli abbiamo sparato un paio di colpi sulla schiena, che lo hanno fatto mugolare, ma non l'hanno distolto dal suo cespuglio, dalle sue foglie. Un giorno, ha detto Pingu, altro che piombini.

Abbiamo ascoltato della chill'n'bass e ci siamo fumati un'altra canna. Abbiamo abbandonato per un momento la solidità della stanza per galleggiare verso gli astri con le nostre ali di cartapesta. Il vento ci soffiava nelle vene vuote.

D'un tratto Pingu si è alzato e ha tirato un pugno alla porta del bagno, rompendone il legno. Le nocche hanno iniziato a sanguinargli. Ha dovuto bendarsi la mano. Si è steso sul letto e ha detto che si sentiva il corpo allagato di nero. Ha voluto bucarsi con una penna biro. Ne è uscito un fiotto di inchiostro che ha macchiato il tappeto. Ha sollevato la fronte in un'estasi di piacere/sconfitta, il collo spezzato sul bracciolo del divano. Si è addormentato.

Intanto io sono uscito e ho beccato Bostik, un tipo che frequenta il Sert. L'ho beccato nel parchetto davanti all'ospedale su appuntamento. Mi ha venduto due compresse di metadone.

Quando sono tornato a casa di Pingu, lui si era già svegliato. Abbiamo preso il metadone e ci siamo lasciati andare sul divano.

Abbiamo incontrato Franco qualche sera dopo. Era di fretta.

Abbiamo bevuto un punch al baretto all'angolo della strada di Pingu e ci siamo fumati una sigaretta. In piedi al tavolo sul marciapiede appena fuori, nella luce rosa e profonda del tramonto. Franco ha tirato fuori dal portafogli un distintivo e ce l'ha mostrato. C'era sopra il suo nome. Ci ha chiesto se ne volevamo comprare uno per noi. C'è uno che gli procura roba delle forze dell'ordine. Ci ha chiesto se volevamo una divisa della finanza, proiettili, soldi falsi. Cazzo, droga niente. Sapete, no? Hanno fermato uno grosso a Brescia. Per sfiga, mica lo seguivano. Aveva un faro rotto e un chilo di bamba nel portabagagli. E al Brennero? Checkpoint dappertutto e cani in divisa fuori controllo.

Ci ha dato comunque il numero di uno: Provate, è un tipo a posto. Ne gira, di solito. Ditegli che siete amici miei.

Se ne è andato raccomandandoci di non andare ai mercatini di Natale quest'anno. E di evitare i posti affollati. Che non c'era da stare sicuri. Ce l'ha detto dal finestrino, seduto nell'auto accesa nel parcheggio.

Quindi, ci ha detto sollevandosi gli occhiali, ocio.

È partito, ma davanti all'uscita del cancello si è fermato e ci ha fatto segno con la mano di raggiungerlo. Sempre dal finestrino ci ha chiesto se sapevamo della festa di Nic Pollo al Circolo tennis, sabato prossimo. Gli abbiamo detto di no. Ci ha detto che era una festa privata, ma che ci avrebbe mandato l'invito in settimana, se volevamo. Era la sua ultima sera, e avrebbe offerto da bere. Gli abbiamo chiesto in che senso ultima sera. Ci ha detto solo che sarebbe stato lontano per un po'.

Quello stesso pomeriggio Pingu mi aveva fatto vedere come si dissotterra un gabbiano.

In un angolo di giardino segnato da un bastoncino di incenso che spuntava dall'erba, con una zappetta ha ritagliato e raccolto una zolla di terra, che ha messo su un setaccio. Ha spolverato via la terra ed estratto a una a una le ossa. Le ha bollite con del bicarbonato e dell'aceto, scolate e messe ad asciugare in forno. Una volta raffreddate ci ha spennellato sopra una sostanza lucida e ha infilato tutto fuorché il teschio in un grosso vaso di vetro quattro stagioni. Ha incollato il teschio sul tappo.

Siamo tornati in giardino a sistemare il buco nel prato e fumare una canna guardando le nuvole rosa in cielo. Dall'altra parte della rete, il vicino stava bevendo una birra con degli amici, e intanto lasciava che il cane ci abbaiasse contro. Pingu gli ha calciato della terra addosso e il cane si è ritirato, ma per poco, e ha subito ricominciato a rompere il cazzo. In compenso il vicino se ne è accorto e si è alzato per litigare con Pingu, mentre il cane continuava ad abbaiare ancor piú petulante.

Il tuo cane è un ritardato, gli diceva Pingu, un ritardato di merda.

Fatti i cazzi tuoi, arrogante del cazzo.

Idiota.

Frocio.

Mangiati la sborra.

Ti sborro addosso, frocio.

Ti sborro nel cane, coglione.

Il vicino ha schizzato Pingu con della birra. Pingu gli ha sputato sulle scarpe.

Abbiamo sentito il tipo di Francoboy. Siamo andati a prenderlo in macchina all'Europa Center sulla Ss 47. Il suo nome è Enzo, detto Raudi. È uscito nel parcheggio dalla porta oscurata della sala bingo con una cicca fumante in mano. Indossava la divisa di un servizio di vigilanza.

Non ha drift con sé. E neanche a casa o in giro. Però conosce uno che ne ha. Adesso non lo possiamo sentire, e ci spiega anche il perché, ma smozzica parole incomprensibili. Dobbiamo solo aspettare un paio di ore, ha detto, poi lo chiama. Se vogliamo, ha detto, intanto possiamo passare da lui a berne una.

Casa sua stava nei pressi di uno svincolo poco distante da lí, in mezzo a campi di mele e mais fradici di neve e fango. Viveva coi genitori, due anziani sorridenti che passando abbiamo visto seduti sotto un portico, e che mentre giravamo verso il retro lui si è fermato a insultare crudelmente.

Ci siamo messi a pippare davanti a un pollaio, su un tavolo da sagra, in piedi come se non riuscissimo a fare altrimenti. Faceva troppo freddo d'altronde per gelarsi il culo su una panchina. Lui ci ha mostrato le patacche appese alla sua giacca. Poi il cinturone da cui pendevano diversi gadget da sbirro. Ha pippato solo lui, e una mezza botta anche Pingu.

Abbiamo bevuto Heineken da un fusto che spillava schiuma e basta. Il giardino era tutto sporco e in disordine. Il muro della casa era di mattoni nudi, senza intonaco, e ovunque era accatastata roba in legno e fil di ferro. L'intero cortile era un ripostiglio che lui prendeva a calci senza motivo.

Faceva anche altri lavoretti, ci ha detto. Oltre la vigilanza.

Recupero crediti. Furti di rame.

Il resto del tempo lo passava all'Europa Center. Al bingo o al bar al piano di sopra. Pieno di coglioni che stanno lí a fare momento, dice. Pieno di troie del cazzo. Ma adesso me ne vado. In Nuova Zelanda. O in Madagascar. Mi perdo. Mi faccio ammazzare. Pieno di stronzi, il mondo.

Aveva tirato fuori un coltello e ce lo maneggiava davanti. Lo piantava nel tavolo o nei legni che gli capitavano a portata di mano, come se volesse impressionarci.

Ci ha chiesto come conoscevamo Franco, ma non ha ascoltato la risposta e ha continuato a piantare il coltello in giro, annuendo distratto.

Senza imbarazzo e con una certa ingenuità, pure per non

fargli credere troppo che lo stessimo ammirando e quindi tirandolo un po' per il naso, gli abbiamo chiesto del suo contatto, se era sicuro. Ci è cascato come un pivellino. Ha fissato gli occhi su di noi sbalordito. Certo che lo è. Ha ringhiato piantando il coltello definitivamente in un'asse scheggiata, mettendosi a sedere inquieto. È diventato d'un tratto diffidente, severo, paranoico, e ha cominciato a fumare cicche a nastro.

Andiamo, ha detto poi saltando su dalla sedia di plastica, uscendo da un lungo secondo di silenzio passato ad accarezzarsi pensieroso il naso.

Abbiamo guidato per una buona mezz'ora verso la periferia a nord della città, verso l'imbocco della valle.

Ci siamo fermati nel parcheggio di un superstore su indicazione di Raudi. Ha acceso una cicca ed è uscito dalla macchina senza dire niente. Ha fatto due passi, poi è ritornato indietro. Voleva i soldi in anticipo, con cui pagare. Noi gli abbiamo detto: Non se ne parla. Lui ha insistito. Noi abbiamo insistito. Ci ha sfanculati e ha ripreso a camminare.

Sotto la pensilina in cemento del superstore si è avvicinato a un suo collega. Uno in divisa. Si sono salutati. Hanno girato l'angolo e sono spariti verso il retro. Qualche minuto dopo Raudi è tornato verso di noi. Voleva vedere i soldi. Aveva la roba in tasca, ce lo giurava, ma voleva i soldi prima.

Gli abbiamo detto: Sali, che facciamo tutto. Lui ci ha detto: No, facciamo qui. Sali un attimo, gli abbiamo detto, che storie sono.

Lui è salito, riluttante, scocciato. Ci ha detto che con noi non vuole piú avere niente a che fare. Che Franco è un gran coglione ad averci raccomandati, non gli fa un buon nome. Col cazzo che si fiderà ancora di lui. Siamo proprio dei gran coglioni, ha detto.

Aspettava ancora i soldi. Immobile come un ceppo sul sedile di dietro.

Alla fine ha ceduto e ci ha mostrato la busta. Non ce la voleva comunque lasciare in mano.

Allora tientela, gli ha detto Pingu, e vai a farti fottere.

Quello ha ripetuto che voleva i soldi. Che ci aveva fatto vedere che la busta ce l'aveva, e che quindi voleva i soldi.

Noi avevamo già capito. Gli abbiamo detto di scendere. Ha stretto i denti. Ci ha dato la busta in mano. Pingu ci ha messo dentro un dito e ha assaggiato la polvere cristallina. Ha capito subito. Ma sei scemo?, gli ha fatto. Quello è scattato. I soldi, adesso, ha detto.

Raudi è sceso e ha aperto la portiera di Pingu. L'ha tirato fuori di forza e l'ha spinto per terra, poi l'ha rialzato e gli ha messo le mani al collo. Pingu si difendeva come poteva. Sono sceso anche io e sono saltato alle spalle di Raudi per staccarlo. Niente. Quello era troppo grosso e nervoso. Pingu soffocava. Ho raccolto un'asse in un'aiuola del parcheggio e ho cominciato a menare Raudi sulla testa. Allora ha lasciato Pingu e si è messo contro di me. Gli sanguinava la testa. Strizzava gli occhi. Pingu gli ha dato uno spintone. Ha raccolto anche lui una bottiglia da un cestino mentre io distraevo l'altro fronteggiandolo come si farebbe con un toro. Lo abbiamo menato sulla testa entrambi, finché quello non si è rannicchiato a terra confuso, quasi ko, proteggendosi con le braccia. Gli abbiamo tirato calci in faccia e in pancia, poi lo abbiamo cosparso con la polvere pacco che c'era nella busta e ce ne siamo andati.

Eravamo euforici, sulle prime. Poi però con il riassorbirsi dell'adrenalina ci è salita di nuovo la scimmia e ci siamo resi conto di non aver ancora risolto niente. Eravamo punto e a capo.

Siamo andati a bere al *Paradiso* ma è stato ancora peggio. Ci siamo tutti innervositi e abbiamo deciso di smettere, perché l'alcol da solo, senza metterci insieme una sostanza piú distensiva, ci induriva i nervi e basta. Già al secondo shot di schnapps l'effetto sulla mascella aveva iniziato a essere veramente spiacevole. Quel senso di intorpidimento, che però non arriva mai al clou e ti lascia solo un po' stordito, senza riuscire a darti la scarica che ti aspetteresti a un certo punto.

Non sapevamo piú neanche cosa dirci.

La cosa poi si è complicata quando siamo usciti a fumare in strada.

La città è piccola, quindi non c'era da stupirsi che ci avesse ritrovati.

Raudi zoppicante e scuro in volto ci si è avvicinato sfoderando i pugni. Dietro di lui due ceffi consimili lo scortavano ben collaudati. Uno di questi teneva un cane al guinzaglio. Lo strattonava come si strattonano i molossi addestrati, che tirano e si impennano come se stessero sempre fiutando il sangue.

Eccoli, ha detto Pingu.

Ce la siamo battuta, ma quelli senza sforzo ci hanno raggiunti e presi neanche un centinaio di metri dopo. Volevano i soldi. Raudi voleva i suoi soldi. Noi gli abbiamo detto di farseli dare da Franco, quel coglione che ci aveva messo in mezzo a questa storia di merda. Ha detto di no, ma che picchierà anche lui poi.

Noi gli abbiamo detto che i soldi non glieli davamo, e che loro se volevano potevano andare a scoparsi a turno il cane.

Non hanno sentito ragioni. Ci hanno menati ma neanche troppo, quanto bastava per rapinarci e lasciarci al bordo della strada come due lattine schiacciate.

Franco mi ha chiamato il giorno dopo per chiedermi che cazzo era successo. Gli ho alzato la voce. Stavo andando da Jem, per un motivo o per l'altro, non mi ricordo. Franco ha insistito ed è passato a prendermi dove ero. Mi ha detto di aspettarlo lí. È arrivato col furgone e appena sono salito ha iniziato a lamentarsi con me della nostra condotta, e poi del fatto che bisogna pensare oltre, liberarsi dalle catene della paura.

Ma porcamadonna, gli ho detto alla fine, ma ti pare?

Lui sembrava non capire il punto, ed è rimasto freddo con gli occhi sulla strada. Poi ha ripreso da capo. Niente. Inutile. Secondo lui bisognava prendersi l'inculata (che comunque ci siamo presi) solo per parargli il culo col primo strafottente che gli fa da amico.

Non funziona cosí, gli ho detto. In piú, a essere onesti, i soldi che ci hanno preso spetterebbe a te ridarceli.

Ha strabuzzato gli occhi e ha stretto il volante.

Non se ne parlava, ma io non ci speravo neanche.

Dopo un tot di silenzio mi ha chiesto come stava Pingu. Gli ho detto: Di merda, per colpa tua.

Colpa mia?

Sta di merda, non l'ho mica piú visto.

Che cazzo ha quel tossico?

Franco, svegliati, è stato rapinato, lui si fidava di te.

Io vi avevo detto di stare attenti, mi sembra. Ma adesso ce l'ha con me?

Non lo so. E poi dove cazzo stiamo andando?

Mi ha chiesto se lo volevo accompagnare da uno a recuperare una borsa. Gli ho detto di no, chiaro, ma non è servito. Mi ha convinto chiedendomi per piacere.

Siamo arrivati all'interporto. Ha parcheggiato dietro un capannone ed è sceso. Sono sceso con lui. Abbiamo preso una strada sterrata che attraversava i filari secchi di un campo tra i magazzini e le fabbriche. In fondo, il cancello di una casa a due piani costruita a ridosso di un capannone. Siamo andati sul retro e ci siamo trovati davanti a un garage. Ha bussato. Una voce ha chiesto chi era. Lui ha risposto: Misericordia. Siamo entrati nella penombra umida della stanza. Ad aspettarlo c'era una sorta di riunione di gente strana che aveva tutta l'aria di essere lí a congiurare. Radunati in cerchio, un poco storti. Si tenevano la mano e avevano gli occhi chiusi. Recitavano qualcosa. Ci hanno accolti zittendosi, sciogliendo il cerchio, li stavamo interrompendo. Lo hanno salutato con freddezza. Uno di loro, raccogliendo i sospetti dei presenti, ha chiesto a Franco chi ero. Franco ha fatto un cenno con la mano e ha detto che non c'era da preoccuparsi. Non erano convinti. Franco ha ripetuto, questa volta con piú discrezione, che ci si poteva fidare perché ero dalla loro parte. Quelli non sembravano comunque convincersi, forse anche per come guardavo Franco senza capire. Mi hanno squadrato, impagliati lí in una smorfia di tensione. Un tipo oscuro sulla cinquantina, con capelli lunghi grigi e crespi e lo stile da hippie lo ha preso in disparte con severità. Gli ha dato una borsa e lo ha raccomandato di qualcosa. Hanno parlato. Franco ascoltava, annuiva. Mi sono guardato intorno. Le pareti erano spoglie, solo in fondo, sopra un tavolo da lavoro ingombro da cavi elettrici e materiale da bricolage, stava appeso un poster di Putin vicino a un calendario con alcuni giorni sbarrati a pennarello. Sullo stesso tavolo, una pila di santini elettorali di un qualche movimento civico. Ho pensato di essere finito in un covo di svitati no vax e la cosa allo stesso tempo mi divertiva e mi spaventava tremendamente. Una signora dall'aria di professoressa eccentrica, facendosi avanti tra gli altri, mi ha chiesto con gentilezza come mi chiamavo. Ho risposto. Quella ha annuito, sembrava non aver capito, come se stesse aspettando altro da me. Poi si è riscossa e mi ha regalato un braccialetto, dicendomi che serviva contro certe onde, insieme a un volantino piuttosto sospetto che parlava di investimenti in oro. Merda, ho pensato, avevo ragione.

Franco è tornato da me e senza salutare ce ne siamo andati.

In macchina gli ho chiesto che cazzo era quella storia. Ha risposto vagamente. Ha detto che era un gruppo di supporto, che organizzava investimenti. Ho pensato a uno schema piramidale. Mi ha chiesto se ero interessato. Gli ho detto di no.

Gli ho chiesto invece che cosa c'era nella borsa. Lui è rimasto sul vago. Ho insistito. Con un sorrisetto compiaciuto mi ha detto: Aprila. Ho aperto. Dentro, in mezzo a degli stracci, un sacchetto. Dentro il sacchetto, una pistola e un passamontagna. Ho subito richiuso.

Sopra di noi, un cielo d'acciaio prometteva un carico di neve che non sarebbe mai arrivata.

Ma che cazzo, ho detto. Che cazzo avete in mente?

Oh, stai calmo, mi ha detto, è finta.

Non ho detto altro. Ho solo chiesto di scendere, eravamo abbastanza vicini al centro da poter continuare a piedi.

Franco, dal finestrino, mi ha detto di tenermelo per

me, e mi ha di nuovo raccomandato di evitare i posti affollati.

Ho cercato di capire meglio. Mi sono riavvicinato. Lui non sembrava entusiasta, ha detto che di questi tempi le cose cosí stanno, che c'è da essere prudenti.

Prima di andarsene mi ha chiesto se avevamo deciso per la festa di Nic Pollo al Circolo tennis, era quel sabato. Se volevamo, ha detto, ci offriva da bere per riparare a quella cosa. Gli ho detto che non sapevo.

Un'aria sinistra era scesa sulla città rendendomi inquieto. Il buio strappava sui muri e io camminavo con un silenzio mortale dentro, accompagnato da visioni e allucinazioni paranoiche. Quella gente mi aveva lasciato senza parole. Mi avevano fatto pensare a Christchurch, al massacro di Christchurch, e non riuscivo a smettere di farlo. Ero atterrito. Non sapevo spiegarmi. Ho buttato in un tombino il braccialetto che quella strega mi aveva regalato e ho allungato il passo.

Ho provato a richiamare Jem, ma niente. Allora ho sentito Pingu. Lui ha risposto subito, gli grattava la voce. Passa pure, mi ha detto.

Pochi minuti dopo ero da lui. Ho suonato e sono salito. Aveva lasciato la porta socchiusa e senza aspettarmi si era sdraiato sul divano, doveva averci passato l'intera giornata.

Era in vestaglia di tartan e calzini, e maneggiava il teschio di tasso che avevo visto appoggiato sopra il libro di Foucault qualche giorno prima.

Gli ho raccontato cosa mi era appena successo, e gli ho chiesto che ne pensasse. Mi aspettavo una qualche reazione, che corrispondesse alla mia almeno un poco, ma niente, impassibile.

Occhi da stregone malato scrutavano nel vuoto che ci trapassava. Sembrava non vedermi.

Mi ha offerto una tazza di tè in cui ha sciolto un mezzo cerotto di subutex.

Mi ha passato il teschio in mano. Le sue cavità spettrali.

Cosa ci vedi?, mi ha detto.

Non so. Che intendi?

Fissalo. Cosa ci vedi?

Non so. Mi inquieta. La morte. Forse. Ma è banale.

Non tanto.

Gliel'ho ripassato, lui me lo ha lasciato in mano.

Cosa ti ha detto?

Chi?

Il teschio.

Non so. A te?

Che la morte e il sonno non sono la stessa cosa.

Io ho soppesato il teschio e ho sospirato con preoccupazione. Gli ho chiesto se stava bene.

No, ha detto, e di Franco, sinceramente non mi importa proprio. È sempre stato cosí, lo sai anche tu. Coglioni noi a esserci messi in mezzo.

Ok, ma adesso che hai, che ti prende?

Con una freddezza spietata, molto sua ma che non mi sarei comunque aspettato di fronte a una bruttezza simile nemmeno da lui, mi ha spiegato che c'entrava il vicino: per vendicarsi di una graffiata aveva beccato Santiago, il gatto di Pingu, mentre attraversava il suo giardino, e lo aveva colpito con una mazza, praticamente rompendogli la schiena. Lo aveva preso a calci.

E poi lo ha buttato nel recinto del cane, ha detto coi suoi occhi di diamante opaco puntati altrove.

Gli ho chiesto se dicesse sul serio.

Il gatto lo aveva già seppellito. Aveva fatto presto. Non ci aveva pensato troppo. Tra qualche mese ne avrebbe dissotterrato le ossa per conservarle in uno scrigno foderato di velluto.

Gli ho chiesto cosa volesse fare quella sera e lui ha sollevato le spalle.

Gli ho chiesto se voleva che restassi. Il cane si era rimesso ad abbaiare, ma Pingu ormai sembrava non notarlo piú. Se ne stava sul divano in vestaglia a fumare cicche, gli occhi rossi infossati.

Siamo rimasti in silenzio tutta la sera, a guardare la tv mentre sgranocchiavamo noce moscata, che ha un effetto piuttosto elettrico, ma dà nausea e stanca. Infatti, nonostante il cane continuasse ad abbaiare, ho chiuso gli occhi un attimo e mi sono addormentato.

Ho riaperto gli occhi nel buio della stanza e mi sono guardato intorno incredulo. Qualcosa mi aveva svegliato, forse il cane, che però adesso non abbaiava piú. Fuori dalla finestra, una luce di luna abbagliante. Un'ombra sul balcone. Era Franco. Picchiettava sul vetro per entrare. Aveva un sorriso inaffidabile schiacciato in faccia. Assomigliava a qualcun altro, ma era lui. Gli ho aperto. Continuavo a non capire. Poteva benissimo essere lui. Si è seduto sul divano e mi ha raccontato che il giorno prima si era trovato a piangere nell'incavo di un tronco, dopo aver preso dei funghetti. Come una bambina col cuore spezzato mangiata dal buio, ha detto. Ci siamo messi la giacca e siamo usciti. Mi ha portato in quel bosco, proprio dietro casa di Pingu. Me lo mostrava, indicando le cose con un bastone. Dobbiamo andare, diceva, c'è Raudi che ci insegue con un coltello. Rideva e si grattava una macchia di resina sui gomiti, ma non andava da nessuna parte. Sembrava cercare di dimostrarmi qualcosa, si comportava come se volesse convincermi di sapere quello che faceva, ma era evidente che fosse perso almeno quanto me. Rideva con il bastone in mano, che agitava per farmi paura. Io non lo capivo. Ha il cranio avvelenato, pensavo. Il bosco lo ha avvelenato in qualche modo. Un cane ha iniziato ad abbaiare in lontananza. Un latrato di dolore. Ho abbassato la testa per non sentire. Davanti a me, per terra, due mani mozzate, due mani femminili, piene di vene blu e rughe, le ho riconosciute. Ho pensato: Merda, e ho alzato gli occhi al cielo, attratto da una luce diversa e cangiante. Nuvole rosse mi travolgono; un'onda piena e imminente come la storia del mondo. Vorrei urlare, ma non riesco. Le cose si rallentano. Vorrei correre, ma ho le gambe molli. Vorrei stringere i pugni. Le cose tornano a essere vere, ma non riesco a interagire con gli spazi. Non mi sento nello spazio. Paralizzato al limite di qualcosa di angoscioso che svanisce piano. Cerco un movimento brusco. Ansimo. Un respiro piú profondo, poi niente. Mi sveglio col cuore a palla. Pingu mi sta scrollando. Mi mostra le mani. Sono piene di sangue.

Ho subito pensato che si fosse fatto del male. Se ne stava lí sospeso sopra di me con la faccia sbiancata e mi guardava. I denti gli tremavano. Gli occhi gli pulsavano rossi e lucidi. Stava albeggiando appena.

Ho guardato fuori dalla finestra, verso il balconcino, poi di nuovo verso di lui.

Mi ha detto che dovevamo prendere la macchina.

Gli ho chiesto che cosa si era fatto, e che la macchina non ce l'avevo.

Prendiamo quella di mia mamma, ha detto.

Che cazzo ti sei fatto?

Vieni.

È passato in cucina a prendere un sacco nero dell'immondizia mentre io mi infilavo le scarpe e la giacca.

L'ho seguito fino in giardino. Un'ombra gibbuta emergeva nella luce di un qualche neon lontano. La carcassa del cane stava in terra ed era umida di sangue. Molte ferite su tutto il corpo. Il coltello, un coltello da cucina, buttato lí di fianco.

Aiutami, ha detto.

Abbiamo aperto e appoggiato in terra il sacco della spazzatura.

Prendilo per le zampe, ha detto.

L'ho preso per le zampe, lui per la testa, ma a muoverlo quello ha dato un sussulto.

Merda!, ha detto Pingu mentre lo mollavamo in terra. È ancora vivo. Che cazzo facciamo?

Cazzo ne so, gli ho detto.

Pingu ha preso il coltello da terra, ha pensato un secondo. Poi si è inginocchiato, ha sollevato la testa del cane e gli ha tagliato la gola. Del sangue ci è schizzato sui pantaloni.

Abbiamo caricato il sacco nel baule della Volvo di sua madre e ci siamo messi in strada pieni di pare.

Le strade erano mezze vuote a quell'ora, ma la luce sempre piú chiara ci faceva preoccupare. Qualche macchina iniziava a slittare sull'asfalto brillante. Le ultime stelle passavano il loro zenit e la luna era già tramontata da un pezzo.

Nel viaggio ho raccontato a Pingu del mio sogno con Franco. Lui mi ha chiesto se potevamo stare in silenzio, almeno finché non avessimo risolto la cosa.

Fumava una sigaretta dietro l'altra.

Siamo arrivati al fiume e ci siamo detti che dovevamo fare in fretta perché la situazione si stava scaldando. Una macchina della polizia ci è passata davanti mentre parcheggiavamo tra due pullman fermi. Ci è esploso il cuore in gola.

Abbiamo tirato fuori il sacco e insieme lo abbiamo trasportato sul ponte. Una comitiva di turisti in quel momento stava iniziando a scendere da un pullman diretta ai mercatini di natale. Abbiamo tirato un bestemmione e ci siamo affrettati. Una signora ci ha visti passare, si è girata verso il marito, che le ha fatto segno di non impicciarsi.

Sul ponte di San Lorenzo abbiamo appoggiato la carcassa sulla ringhiera, e con un colpo di reni l'abbiamo lasciata cadere nell'acqua gelata. La corrente se l'è portata via facendola galleggiare verso sud, mentre noi la guardavamo sparire dietro l'ansa che il fiume compie proprio in quel punto.

Siamo arrivati in giardino e abbiamo recuperato il coltello, che ci eravamo dimenticati. Pingu l'ha avvolto in uno straccio. Poi ci siamo salutati abbracciandoci.

Mi sono fermato a fare colazione in un panificio. Le luci casalinghe, il profumo di pane fresco, la fiaba naturale della commessa tutta mattiniera e sorridente. Mi sono reso conto entrando che non mangiavo da almeno dodici ore, e che comunque non avevo per niente fame o appetito. Mi sentivo implodere. In piú una signora cicciotta entrata appena prima di me, carica di entusiasmo e con un bassotto al guinzaglio, mi ricordava troppo l'ambigua pienezza della vita, che si muove negli spazi saturandoli della sua presenza, allo stesso tempo eccessiva e minuta, necessaria e senza scopo. Ma soprattutto il bassotto, con quello sguardo triste e spensierato che hanno i cani, mi faceva pensare alla vita in genere, alla sua forma, che è un mistero del cazzo a darsi e una cosa puramente tecnica a togliersi.

Ho bevuto un caffè, che ho vomitato subito dopo sul

viale. I passanti mi seguivano con gli occhi chiedendosi da che mondo fossi venuto.

Sul solito autobus ho incontrato un vecchio compagno di scuola che andava al lavoro in una casa di riposo. Si era da poco diplomato come Oss dopo un corso di un anno.

Gli ho detto: Beato te. Lui un po' scoglionato ha risposto che ci era voluta fatica. Gli ho detto: Ti credo, e intanto pensavo al cane morto avvolto nel suo sacco, che pesava molto piú di quanto mi sarei aspettato.

Ci vuole sacrificio e impegno, mi diceva quell'altro, ma mi aveva già perso. Non me ne importava proprio niente.

Mi ha chiesto cosa mi ero fatto, indicandomi la faccia. Mi sono guardato nello specchietto dell'autista e ho visto che avevo del sangue sullo zigomo.

Niente, gli ho detto.

Quello non ha insistito. Lo ha fatto con una certa ostinazione, a cui io ho finto di non reagire. È sceso alla fermata dopo.

Mi sono seduto al suo posto e sono smontato al capolinea.

Quel giorno sono rimasto in giro fino a pomeriggio tardi cercando gente che non trovavo e fumando a piú riprese uno spinello che mi era rimasto in tasca. Ho camminato a lungo per il quartiere aspettando il buio, sedendomi sulle panchine a guardare la città che crepitava in mezzo alla valle. Il brusio del traffico saliva da laggiú confondendosi con il rumore delle piante, lo scricchiolio del ghiaccio sui rami e dei miei passi.

Verso sera, ho sentito un ruggito provenire dalla città, un rimbombo come di tuono, nel cielo sereno. Ero sulla porta di casa, con le chiavi in mano. Mi sono girato e non ho visto niente. Ho pensato a Franco, che probabilmente aveva fatto esplodere una bomba carta davanti alla provincia, o a un malfunzionamento alla centrale, o all'Isis, che alla fine era tornata in Occidente e tutti in casa a proteggersi. Qualche minuto dopo un elicottero della polizia si è alzato in volo e ha iniziato a girare sopra la città accompagnato in basso dai lunghi capricci delle sirene. Lo scorgevo a tratti dalla finestra di camera mia mentre ascoltavo della musica chill e mi godevo una certa fattanza. Se alzavo lo sguardo oltre il davanzale, potevo vedere i lampeggianti blu che tratteggiavano le strade intorno al centro, il che dava al tutto un tocco ancor piú natalizio. Mi sono sentito al sicuro. Lo sfarfallio meccanico delle pale mi confortava, quell'elicottero era un angelo di metallo che proteggeva la terra e l'uomo dai suoi nemici. Finalmente una guerra, ho pensato, che ci porti via tutti o ci salvi, o perlomeno ci trasformi in altro da noi; che ci renda tutti eroi senza meriti, centro del mondo e frontiera allo stesso tempo, purché qualcosa accada. Con chi rimane, coi sopravvissuti, potremo fare colazione insieme domani, e chiacchierare nel sole che ci rapina le emozioni dal viso, unendoci in un sentimento sincero di amore e vittoria.

Mi sono addormentato presto.

Capitolo quarto

Perso nel bosco

Pingu mi ha chiamato un pomeriggio al telefono per darmi la notizia. Mi sono preoccupato. Ha chiesto se volevamo andarci insieme. Io gli ho detto sí.

Ma quando è successo?, gli ho chiesto.

Ieri, ha detto, alla festa di Nic Pollo. In realtà, questa mattina.

Jem in quel momento era con me. Stavamo fumando su un muretto. Mi ha fissato per tutta la chiamata per capire che cosa mi stessero dicendo. Quando ho riattaccato si è precipitato a chiedermi. Pensava che fosse una cosa che lo riguardava.

Invece il fatto riguardava Francoboy. Era in ospedale.

Abbiamo preso la macchina e raccolto Pingu, poi siamo scesi verso la città.

Alla reception abbiamo chiesto di Franco e la signora ci ha indicato la stanza in cui si trovava. Siamo saliti al piano e lo abbiamo trovato in questa stanza bianca steso nel letto. Aveva appena finito di mangiare la cena. Era in tunica ospedaliera e aveva un tubicino attaccato al braccio. Una flebo gocciolava appesa al trespolo di fianco a lui. L'unico suo compagno di stanza, un ragazzo con entrambe le mani fasciate, dormiva sollevato sul cuscino dall'altro lato della stanza.

Franco ci ha visti entrare e non ci ha salutati. Invece, mentre ci avvicinavamo mezzo sorridenti, ci guardava con sospetto.

C'è stato un momento di silenzio.

Prego?, ci ha detto poi.

Franco, gli ha detto Jem, che ti è successo?

Lui ha continuato a sbarrare gli occhi.

Franco? Che hai?

Scusate, ha fatto lui, passandoci in rassegna, annuendo. Certo, ha detto, che stupido.

Certo cosa?, gli ha detto ancora Jem, avvicinandosi. Francoboy, tu lo sai chi siamo, vero?

Lui ha annuito ancora.

Cosa è successo?, gli ha chiesto Pingu.

Franco ha guardato nel vuoto un istante stringendo gli occhi. Ha detto che non sapeva, si ricordava solo di questa luce accecante, l'odore del fuoco, e le urla della gente.

Non abbiamo capito. Gli abbiamo chiesto di ripetere.

Lui si è tirato su bene sul cuscino.

Non so, ha detto, dipende da quanti punti mi rimangono.

Cazzo dici, Franco, per cosa?, ha fatto Jem, e poi, rivolto a Pingu: Vai a chiamare un'infermiera.

Franco intanto col pollice indicava il muro alle sue spalle. Non siete qui per trasferirmi… dall'altra parte?

Siamo rimasti lí a fissarlo. Gli ho chiesto che cosa intendesse.

Lui mi ha guardato stranito. Come se neanche lui capisse, e si aspettasse che fossimo noi a capire per lui.

Nell'altra stanza, ha detto poi, nell'altro ospedale.

Che altro ospedale?, gli ha fatto Jem.

Ho detto a Jem di stare tranquillo.

Che ti è successo, Franco?, gli ho chiesto.

Lui si è guardato intorno, poi si è rivolto verso di me.

In quel momento, accompagnata da Pingu, è arrivata un'infermiera che ci ha chiesto cosa ci facessimo lí, chi ci avesse lasciato passare.

Noi le abbiamo spiegato. Lei ci ha detto che non erano ammesse visite in quell'orario, soprattutto in quel reparto. Ci ha detto di andarcene, mentre controllava gli occhi di Franco con una pila. Io le ho chiesto quanto sarebbe rimasto in ospedale. Lei ha detto che qualche giorno di sicuro, in osservazione. Probabilmente, ha detto, dovremo indurlo al coma.

Il giorno dopo io e Jem siamo tornati e Franco era già in coma. Era stato trasferito in terapia intensiva. Non abbiamo potuto vederlo. Fuori dal reparto, sulle sedie lungo il corridoio, abbiamo invece incontrato sua nonna, che vive con lui. Teneva in mano un fazzoletto di stoffa ricamata e aveva le caviglie gonfie che le spuntavano da una gonna di panno marrone. Ci siamo avvicinati e le abbiamo chiesto se sapesse qualcosa.

Lei non sapeva niente. Ci ha trattati bene, ci ha detto che se volevamo, quando sarebbe tornato a casa, ci avrebbe cucinato polenta e ossobuco. Ci faceva una pena incontrollabile, vecchia e mite, seduta da sola in quel pietoso corridoio verde morte.

Pingu ci ha raggiunti poco dopo e siamo andati a scoppiare dei petardi nel parco dietro l'ospedale. Ne aveva di diverse dimensioni. Io mi sono pure scottato il palmo della mano con la sfiammata di un mefisto, una piaga che avrebbe impiegato molti giorni a guarire. Pingu ci ha detto che era passato anche lui quella mattina, aveva parlato con un dottore, gli aveva detto che Franco era momentaneamente affetto da una sindrome delirante e da amnesia; non riconosceva le persone ed era convinto di essere sopravvissuto a un incidente aereo.

Jem si è messo a ridere.

Pingu ha continuato, spiegandoci che aveva anche sentito della gente che c'era alla festa di Nic Pollo, ma che nessuno sapeva niente. Qualcuno lo aveva visto uscire ubriaco, a fumare in maglietta, ma che fosse svenuto nella neve nessuno poteva dirlo con certezza.

La conferma l'abbiamo avuta il giorno dopo ancora, da un paramedico che Pingu conosceva e che abbiamo incontrato al suo posto di lavoro al Pronto soccorso. Franco era stato trovato da un passante, svenuto nella neve in un campo vicino alla festa. Aveva indosso un costume di carnevale. Nessuno sapeva da quanto fosse lí.

Quando si è svegliato, sua nonna ci ha chiamati, dicendoci che se volevamo potevamo andarlo a trovare, era ancora in ospedale.

Ci siamo andati, io e Jem. Franco era sollevato sul letto, leggeva un libro. Avvicinandoci piano, cercavamo di capire se ci riconoscesse.

Ci ha salutati.

Gli abbiamo chiesto come stava. Lui ha detto che si sentiva meglio.

Ci siamo guardati tra di noi. Lui aveva chiuso il libro ma ci teneva dentro il segno con un dito.

Gli altri?, ci ha chiesto poi. Come stanno gli altri?

Quali altri?, ha fatto Jem dopo avermi guardato.

Franco ha scrollato la testa pensieroso.

Ah, ha detto, non so, chiedevo.

Gli ho chiesto se adesso ricordava qualcosa.

Lui ha sospirato. Si è girato verso la finestra corrucciandosi.

L'ultima cosa che ricordo è… un rumore, ha detto, un frastuono assordante, e le grida degli altri.

È rimasto in silenzio un istante, le labbra hanno iniziato a tremargli.

E poi?, gli ha fatto Jem.

La paura, ha continuato lui, e un bagliore fuori dal finestrino. Poi l'impatto, il bianco della cenere, l'odore della lamiera bruciata. Questo mi ricordo.

Io e Jem abbiamo continuato a guardarlo, anche se in realtà eravamo sintonizzati tra di noi.

Dove stavi andando?, ho improvvisato io.

Lui stava per rispondere, con sicurezza, però ha esitato. Ha fissato gli occhi sul pavimento, pensieroso. Un'aria di sconforto lo ha paralizzato in una posizione intermedia. Non lo so, ha detto. Non riusciva a distinguere, si vedeva, cosa fosse ricordo e cosa fosse sogno.

Jem era insofferente. Voleva tagliare corto. Andava e veniva dalla finestra alla porta, come un cagnaccio inquieto.

Io ho messo la mano sul dorso di quella di Franco per salutarlo. Lui ha mollato il libro e mi ha preso il polso. Senza che Jem lo vedesse, mi ha messo in mano un biglietto. Ho aggrottato le sopracciglia. Lui è rimasto a fissarmi. Mi ha salutato con fare complice. Io l'ho salutato. Infilandomi il biglietto in tasca, sono uscito.

In macchina Jem è rimasto stranamente in silenzio. Non sapevamo come dirci quello che volevamo dirci. Entrambi aspettavamo che fosse l'altro a parlare.

È fottuto, ha detto.

È sotto shock, ho detto io.

Che cazzo si fa adesso?

Niente.

Sono preoccupato.

Anche io.

E pure incazzato però. Perché è un coglione. Doveva stare attento. Che cazzo significano quelle cose?

Non so. È sotto shock ti ho detto. Delira.

Sí, ma non era tanto giusto neanche prima. E tu lo sai. Quando l'hai visto l'ultima volta?

La settimana scorsa.

Ah, pure? Io non lo vedo da boh, mesi. Tu l'hai visto la settimana scorsa?

Sí.

E?

Non stava bene. Mi ha portato in un posto, c'era gente strana.

Che gente?

Non so, gente strana. È stato il giorno dell'esplosione al mercatino, o quello prima, non mi ricordo.

La storia del mercatino aveva spaccato la città in due. Erano venuti politici in passerella a indignarsi duramente e a fare interviste e le strade si erano riempite di polizia, piú di quanto non lo fossero già. Ne avevamo anche parlato tra di noi, ma senza alzare troppo il livello del discorso. Certo non avremmo mai pensato che il terrorismo ci avrebbe toccato personalmente. Non sono cose che capitano qui, non hanno senso. E comunque, il fatto che non ci fossero state vittime non aveva tanto causato cordoglio o terrore, quanto piuttosto rimesso in circolo tra le persone un vago senso di assedio, di presenza della Storia, una sensazione inquietante, eccezionale, che però tutti sapevano si sarebbe riassorbita a breve.

In ogni caso, il fatto che Franco ci avesse raccomandato piú volte di non girare per le zone affollate, proprio in quei giorni, unito a quella situazione di cui ero stato testimone nel garage all'interporto, mi aveva fatto entrare in un loop paranoico di sospetti e fraintendimenti. Non capivo piú. Ero caduto in una trappola? Sapevo cose senza averle volute sapere? Di certo non era Jem la persona con cui discutere di tutto questo. Pingu, invece, non sembrava averci fatto proprio caso a queste coincidenze, e anche quando avevo cercato di spiegargli, si era rifiutato di crederci.

A quanto pare le indagini non avevano ancora dato risultati, e sembravano, almeno a livello mediatico, essersi arenate lasciando spazio ad altro.

Non ero piú tanto sicuro se in quella cantina ci fosse o no una foto di Putin. Questo pensiero mi stordiva: pur sapendola un'ossessione senza senso, non riuscivo a ragionare lucidamente. Ricordavo il rosario in mano a quella vecchia e i giorni sbarrati, e in generale la penombra che dava al posto il mistero della cospirazione. Ma non riuscivo proprio a ricordare quella parete, e sarebbe stato determinante, mi dicevo. Se ci fosse stato il santino di Putin, sarebbe stato chiaro che quelli non erano un gruppo di preghiera qualunque o il solito gruppo di supporto, ma una cellula di terroristi no vax o peggio suprematisti eurasiatici.

Appena arrivato a casa ho letto il biglietto di Franco. Diceva: «Vieni da solo».

Merda, ho pensato mordendomi il labbro, quello è davvero un terrorista.

Ho alzato gli occhi e per un istante ho pensato di lasciar perdere, semplicemente ignorare il messaggio.

A me non me ne frega un cazzo delle plutocrazie atlantiche e della sostituzione etnica, della race war o di Israele. Il problema era che in quel periodo mi stavo proprio annoiando, e passavo le giornate sui muretti a fumare o a credere che un giorno ce l'avrei fatta, qualunque cosa mi fossi mai messo a fare. E questa cosa di Franco in fondo mi ispirava, mi sentivo diventare una pedina del suo gioco strambo. Mi aveva agganciato, come al principio di quei film che ci esaltavano. Mi sentivo protagonista. Davanti a quel bivio avrei scelto chi essere, pensavo. Nascono sempre cosí le grandi storie.

Quella notte ho sognato di essere inseguito da un cane, un pastore tedesco che mi veniva a stanare ovunque mi nascondessi. Era il cane di qualcuno, che non riuscivo mai a vedere e non sapevo chi era, ma che sapevo mi stava cercando. Era un sogno che avevo già fatto e che avrei rifatto altre volte.

La mano mi faceva male. Sentivo la bruciatura pulsarmi nel palmo e pensavo: Che fastidio. La disinfettavo ogni giorno e cambiavo la benda, che ingialliva nel giro di poco e si attaccava alla pelle sbucciata.

Vedendomi arrivare al suo letto, Franco mi ha chiesto che cosa mi fossi fatto, se fosse stata *lei*. Ho increspato la fronte. Sembrava molto preoccupato e anche sospettoso, come se la risposta a quella domanda fosse per lui determinante. Gli ho spiegato che *lei*, se era proprio *lei* che intendeva, se ne era andata ormai da piú di un anno, e che quello me l'ero fatto da solo con un petardo.

Lui ha annuito, lasciando come in sospeso il discorso.

Gli ho chiesto come stava, e lui mi ha detto: Meglio. Aveva ripreso colorito, e una luce di normalità era tornata a ravvivargli lo sguardo.

Indossava un paio di occhiali, che non usava da tempo.

Gli ho chiesto che cosa gli fosse preso l'altro giorno. Lui non capiva. In che senso?, diceva. Gli ho detto della festa di Nic Pollo, a cui lui aveva partecipato, e di quello che ci avevano raccontato. Lui si è fatto serio e cupo. Mi ha detto di avvicinarmi. Mi sono seduto sul letto al suo fianco. Lui ha iniziato a parlare a bassa voce.

Sai perché ti ho detto di venire da solo, Dennis? Perché quell'altro, come si chiama...?

L'ho guardato veramente perplesso, chi cazzo era Dennis? Ma non ho avuto tempo di chiederglielo. Lui ha continuato.

Il tuo amico, quello col cappotto grigio, lui. Non mi fido. Secondo me...

Ho fatto per dire qualcosa.

Sentimi, mi ha interrotto lui, sentimi. Quello non dice le cose come stanno, non è chi dice di essere. Non ti devi fidare neanche tu. Cosa ti hanno detto?

Franco, gli ho detto, parla chiaro. Che cazzo ti prende?

Non posso, se potessi farlo lo farei. Cosa ti hanno detto?

Chi?

Gli infermieri.

Che ti hanno trovato svenuto nella neve fuori dalla festa di Nic Pollo, stavi morendo.

Cazzate.

Che cazzo dici?

Io l'ho vista. Te l'ho detto. Io l'ho vista.

Cosa?

La luce nera. L'ho vista con questi occhi.

Devi spiegarmi.

Non si può spiegare, non si può. È troppo grande, è una cosa enorme... c'era qualcosa lí dentro, che mi ha fatto capire.

Cosa hai capito?

Lui non ha risposto, ha scosso la testa.

Ho preso un tono di voce piú calmo.

Gli ho detto: Franco, adesso devi spiegarmi delle cose.

Gli ho chiesto dell'interporto. Chi fosse quella gente.

Lui non se l'aspettava. Si è guardato intorno e mi ha tirato a sé.

Che ne sai tu? Come fai a sapere di loro? Chi altro lo sa?

Sono venuto con te, non ti ricordi?
No, quando?
Il giorno prima della storia dei mercatini.
Merda, Dennis. Che altro sai?
Niente, cosa dovrei sapere?
Bene. Adesso ascoltami. Mi devi fare un favore.

Sono uscito dall'ospedale e sono andato dritto a casa di questo certo Vova, in macchina, maledicendomi. Ho parcheggiato fuori, abbastanza lontano verso il fiume, e mi sono fatto il resto a piedi, tremando nella giacca. C'era un'aria strana intorno. Tenevo a mente le raccomandazioni di Franco, che non mi rassicuravano e mi rendevano ancora piú inquieto.

Girato l'angolo del palazzo, ho visto una volante dei carabinieri parcheggiata nel cortile davanti all'ingresso. Mi ha fatto rimbalzare come un'ombra, le spalle al muro, nascosto dietro l'angolo da cui venivo. Ho fatto due conti, poi ho preso il respiro e mi sono fatto avanti. Il portoncino era aperto. Sono entrato guardingo. Sono salito un paio di piani, finché non ho intravisto la porta di un appartamento aperta con un piantone davanti, le mani inguantate di nero. Un giovane carabiniere che si teneva sulla soglia. Delle voci provenivano dall'appartamento. Sono scivolato giú e sono tornato di corsa all'ospedale.

Ho spiegato a Franco la situazione. Ha reagito come se una cosa del genere in fondo se l'aspettasse. È rimasto un attimo in silenzio, a pensare. Poi mi ha detto che dovevamo andarcene al piú presto. Non aveva roba con sé, solo il costume da tartaruga ninja che indossava quando lo hanno trovato nella neve. Gli ho chiesto come avremmo fatto. Lui ha detto: Fanculo. Si è alzato dal letto e tirando con sé il trespolo della flebo mi ha detto di accompagnarlo a fare due passi nel corridoio.

Abbiamo raggiunto l'ascensore e siamo entrati. Eravamo soli. Abbiamo pigiato il piano terra. Lui si è staccato dalla flebo e mi ha detto di prestargli la felpa. Mi sono spogliato della giacca e gli ho dato la felpa, che lui ha indossato sopra la vestaglia.

Bene, ha detto, ci siamo.

Abbiamo abbandonato il trespolo in ascensore e confondendoci tra le persone nella sala d'attesa all'ingresso siamo usciti nel parcheggio.

Che vuoi fare adesso?, gli ho chiesto mentre guidavo senza meta.

Fermiamoci in un negozio di vestiti, ha detto lui.

Ci siamo fermati davanti a un Ovs. Ho parcheggiato e sono sceso. Lui è rimasto seduto, schiacciandosi sul sedile per non farsi vedere dalla strada. Mi ha chiesto se potevo andare io, e che mi avrebbe rimborsato. Voleva che gli comprassi un paio di pantaloni e una felpa. Gli ho detto: Va bene, e sono entrato nel negozio. Il piú velocemente possibile ho comprato un paio di jeans e una felpa grigia col cappuccio. Me li sono provati addosso e li ho acquistati. Sono uscito con la borsa, a passo svelto. Franco era proprio nascosto bene, ho pensato avvicinandomi alla macchina. Ma quando ho aperto la portiera lui non c'era piú.

Ho chiamato Jem al telefono, non mi ha risposto. Sono andato direttamente da lui.

Era nel garage dei suoi, che aveva sommariamente arredato. Stava picchiettando sulla teca di vetro della sua iguana.

Gli ho spiegato la situazione e lui ha fatto spallucce, anche se in realtà era interessato, infatti mi ha chiesto di spiegargli meglio.

Gli ho detto che non c'era niente di piú da spiegare, e che era tutto quello che sapevo.

Lui ha detto: Lascialo fare allora. Io ci sono, ma fino a un certo punto.

Cazzo vuol dire?

Che preferirei di no.

Gli ho detto: Ok, va bene. Poi l'ho accompagnato a raccogliere Pingu a casa sua e siamo andati tutti insieme alle torri a comprare una boccetta di drift.

Ho detto: Liquido non l'avevo mai visto.

È uguale, ha detto Pingu, solo bisogna stare piú attenti a dosarlo.

Il posto dove siamo andati a prenderlo era l'appartamento di un disgraziato coi tatuaggi che fa il commerciante di agrumi, ma senza grande talento. Ci siamo messi sul balcone a chiacchierare e a fumare, lui ci ha mostrato i tatuaggi e ci ha spiegato il loro significato.

Io ho raccontato anche a loro la storia di Franco, della scatola di scarpe che avrei dovuto recuperare a casa di questo certo Vova e della polizia che invece ci avevo trovato. Nessuno ha commentato. Il tipo coi tatuaggi ne ha approfittato per dire che anche a lui una volta era capitato di svegliarsi in ospedale, e ha tirato fuori un'altra storia infinita e noiosa su un certo suo viaggio in Giappone.

Il giorno dopo mi è arrivato un messaggio da un numero sconosciuto. Diceva di trovarci alla chiesa del Santo Sguardo di Gesú a mezzogiorno.

Ci sono andato. La chiesa era vuota, l'odore di incenso e quel freddo silenzio da navata mi hanno ricordato quando con Jem eravamo finiti sotto inchiesta da parte di un prete per aver bruciato il vangelo sull'altare della chiesa del quartiere. Ho pensato che anche passando l'intera vita a pentirmi e ad astenermi dalle bestemmie non sarei mai andato in paradiso per questo. La cosa, anche se solo per un istante, mi ha rammaricato.

Franco era seduto su una panca laterale, ancora in vestaglia con la mia felpa addosso. Vedendomi, si è alzato e mi è venuto incontro. Siamo usciti insieme e siamo andati in macchina, dove lui ha indossato i vestiti che gli avevo comprato. Mi ha dato dei soldi. Gli ho chiesto dove era stato. Lui ha detto che aveva dovuto recuperare una cosa da una persona in un posto, e mi ha mostrato un walkie-talkie.

Lo ha subito utilizzato. Ha iniziato a parlare dentro a quella radiolina crepitante, senza ricevere risposta. Ha continuato cosí tutto il viaggio. Siamo andati all'interporto.

Ci sei dentro, è bene che tu lo sappia, mi ha detto.

Ho protestato.

Non ci puoi fare niente ormai, l'hai voluto tu, ci sei dentro.

Gli ho chiesto che cosa volesse dire.

Che la rischi grossa anche tu, non hai idea.

Che cazzo dici. Fammi capire.

È una roba grossa.

Mi sono irritato.

Lui ha cominciato a parlare di Pyongyang, e di un equilibrio che era stato disturbato.

Gli ho detto: Di che cazzo parli.

La bomba, vecchio, la bomba. L'abbiamo messa noi.

Allora ti ricordi?

Non molto.

Non ci arrivo, giuro. Parla chiaro, o ti mollo qui e vaffanculo, ok?

Non hai proprio capito. Pensi di poter scegliere? Non c'è un'altra via. Siamo decisamente oltre, ma se lo facciamo c'è un motivo. Siamo tutti coinvolti. Credimi, stai facendo la cosa giusta.

Io non sto facendo proprio niente.

Non ti sei mai chiesto perché le multinazionali naziste del farmaco dopo l'omicidio Kennedy hanno raddoppiato i fatturati mentre in Africa la crisi della carne di scimmia ha portato gli investitori ebrei russi a comprare prodotti finanziari ribassati sull'estrazione delle terre rare? Eh? E la conferenza di Yalta, l'omicidio Moro, le rivoluzioni colorate, Taiwan? Tutto fa parte dello stesso schema, dello stesso pattern. Adesso cominci a capire, vero? E credimi, questo è solo l'inizio.

Mi è salita una rabbia cieca. Lui è andato avanti con lo stesso entusiasmo qualche frase prima che io lo mortificassi brutalmente zittendolo e procedessimo per il resto del viaggio in silenzio.

All'interporto, nel garage, non c'era piú nessuno. Solo desolazione sotto quel freddo cielo di polvere bianca. Abbiamo aperto la porta e ci siamo ritrovati in questa stanza completamente vuota. Anche le lampadine erano state portate via. Ho guardato sul muro in fondo, dove erano appese le locandine e le lavagnette. Non era rimasto niente.

Franco ha fatto due passi in disparte e ha parlato al walkie-talkie. Una voce metallica gli ha risposto. Lui ha detto: Va bene.

Dobbiamo andare da una parte, ha detto.

Dove?

A prendere una cosa. Poi dobbiamo portarla da un'altra parte ancora.

Non so se voglio, gli ho detto scuotendo la testa. Mi sembra tutto troppo serio, non pensavo.

Guarda che c'è una ricompensa, non ti devi preoccupare di questo.

Non lo so.

Non hai bisogno di soldi?

Certo, ma non è quello.

Ma non capisci di che roba si tratta? Siamo nella Storia, amico mio, non è finita. Un giorno, grazie a noi tutto questo cambierà, e potremo dire di esserci stati, di non aver mai mollato, di aver sempre saputo.

Saputo cosa?

Ti prego, è una questione essenziale. Anche se la tana del bianconiglio è profonda e piena di curiosità, se vorrai, domani potrai ritornare a vivere la tua vita, come se niente fosse. È giusto che tu lo sappia. Per i soldi ti ho già detto, non ti devi preoccupare.

Ho sospirato.

Qualcosa mi diceva che non me ne sarei pentito. Quanto male si sarebbero mai potute mettere le cose, no?

E comunque, bad choices make good stories, alla fine viviamo tutti un po' per questo.

Siamo rimontati in macchina e abbiamo riattraversato la città. Numerose camionette della polizia parcheggiate lungo il fiume ci hanno fatto sussultare. Una manifestazione si stava snodando per le strade del centro, e diversi ingorghi si erano formati nei punti piú sensibili al traffico.

Il walkie-talkie ha iniziato a ricevere. Qualcuno dall'altro capo diceva cosa confuse: Garbo, mi ricevi, passo. Garbo, mi ricevi, passo.

Franco ha risposto: Ti ricevo, Condor, passo.

Si sono accordati per un rendez-vous in una destinazione diversa: Franco ha ricevuto l'ordine e ha solo detto di sí.

Sta per arrivare, gli ha detto la voce. Quando la cometa sarà in viaggio, tu parti per terralibera, non guardarti indietro.

Ho aggrottato la fronte e distolto gli occhi dalla strada verso di lui, tanto che a momenti sbandavamo sul marciapiede.

Su sua richiesta ho accostato lungo un naviglio che scorre parallelo al fiume. Una sorta di scolo fognario. Lui ha aperto il finestrino e ha lanciato fuori il walkie-talkie, che è sprofondato come un sasso nell'acqua melmosa. Poi ha detto: Andiamo.

Ci siamo fermati nel parcheggio di un complesso residenziale dietro la stazione. Un vecchio palazzo neoclassico mai ristrutturato. Strada vuota, i lampioni già accesi nella luce fredda del tramonto. Franco è sceso e ha suonato un campanello. Poco dopo il portone si è aperto ed è comparso un uomo in ciabatte. Un arabo. Hanno parlato un istante. Franco ha annuito. Mi ha indicato. Il tipo mi ha guardato con disinteresse. Teneva delle chiavi in mano. Si sono incamminati lungo la strada. Franco mi ha fatto cenno di seguirli. Ho spento il motore e sono sceso. Abbiamo girato l'angolo e siamo entrati da un cancello di ferro. Davanti a noi una fila di garage chiusi. L'arabo ha aperto uno di questi ed è sparito dietro a un furgone parcheggiato dentro. Da lí ha appoggiato in terra due borsoni pesanti. Franco ne ha preso uno, io l'altro. Pesava piú di quanto mi aspettassi. Mi si sono segate le dita a portarlo fino alla macchina. Li abbiamo appoggiati nel portabagagli, li abbiamo coperti con un plaid e ci siamo rimessi in strada. L'arabo era già sparito senza commiati nel suo palazzo.

Non manca molto, ha detto Franco. Ormai avrai capito di cosa...

Preferisco non saperlo.

Sarebbe meglio se...

So cosa c'è nelle borse. Lo immagino.

Quando arriviamo i ragazzi ti daranno la tua parte, non ti preoccupare, noi non lasciamo nessuno indietro.

Io non sono uno di voi.

Non importa, ci hai aiutati, hai aiutato la causa. Sei complice.

Non dire quella parola, l'ho interrotto io.

Avrai quello che ti spetta. Noi non siamo come loro. Cosí stanno le cose. A ognuno per quanto gli spetta, da ognuno per quanto gli riesce.

Era diversa, cazzo!

Ma noi siamo già uomini liberi, capisci? Siamo il sole a mezzanotte. Manca solo una scossa perché il resto del mondo si svegli ed esca dalle tenebre.

Ho pensato un secondo, questi discorsi mi provocano sempre un singolare prurito sottopelle, un brivido nei nervi che assomiglia al coraggio di uccidere.

La libertà è un prodotto del potere, gli ho detto. Vecchio mio, anche voi siete creature del potere. Ma poi fammi capire, da cosa esattamente lo volete liberare il mondo?

Tu non hai capito, forse. Non è una questione di libertà. Noi vogliamo solo essere ciò che siamo. Avere un nome. Questa società divisiva e isolante ha i giorni contati, fidati. Le élite globali hanno i giorni contati, fidati. Non vedi anche tu una chiarezza? I popoli vogliono liberarsi dei loro aggeggi digitali e rivedere il sole. Vivere onestamente per la propria comunità. E noi siamo noi per un motivo. Siamo qui per questo, siamo uomini venuti da lontano. In noi brucia ancora un fuoco ed è radicale, ci brucia in fondo all'anima.

Siete dei rivoluzionari, ok, ma vi arrapa l'apocalisse.

Certo è che nessuno potrà piú astenersi quando le contraddizioni di questo sistema saranno arrivate alle estreme conseguenze. Bisognerà farsi trovare pronti. Estote parati. Contro il grande reset, contro il nuovo ordine mondiale, per il risveglio di gesúcristo e delle anime pure nell'amore.

Gli ho tirato un porcodio in faccia, perché quando sento parlare di gesúcristo in questi termini mi viene da fare cosí. Poi ho spiegato: A me sembra che vogliate solo rovesciare il mondo, e non risolverlo come dite. Cosa farete il giorno dopo, come ricostruirete? Di' la verità, a voi non interessa un cazzo di eliminare le ingiustizie, volete solo trasferirle a qualcun altro, ribaltare il tavolo, ottenere giustizia con la vendetta. La vostra non è un'utopia. È pura violenza.

Continui a mancare il punto. Non è un cambiamento particolare che cerchiamo, ma *il cambiamento*, il risveglio, e il cambiamento in questo sistema di cose può avvenire solo in maniera violenta; altrimenti, il globalismo è improvocabile. La violenza privata è l'unico vero scandalo che il mondo occidentale non riesce ancora ad assimilare.

Ho capito che era veramente un estremista. Non pensavo che si fosse radicalizzato cosí in profondità. Ma ho pure pensato, per la prima volta con vera coscienza e anche un tanto di spavento, che molte altre persone nel mondo, decisamente piú moderate e piú integrate, senonché altrettanto confuse, in fondo si sarebbero riconosciute in quelle sue parole malate. Gente comune, che non mette bombe e non cospira nelle cantine, ma che vive comunque nel segreto desiderio che il mondo come lo conosciamo finisca all'improvviso, che ogni privilegio venga revocato e ogni cosa ricominci da un principio di equità radicale; naturale, sacra, o in qualsiasi modo la voglia chiamare questa gente. Non c'è raziocinio, credo, in una prospettiva del genere, è una mezza passione, per non dire un fetish: una categoria della noia.

Ho anche avuto il sospetto che lui non fosse il Franco che conoscevo, quello che è svenuto nella neve dopo una festa, ma che fosse sul serio il Franco che dice di essere, sopravvissuto a un disastro aereo, che attende il trasferimento dall'altra parte. E che queste due linee, entrambe reali, si fossero semplicemente confuse: Forse, ho pensato ancora, questo è solo un trip di salvia, mi risveglierò tra sei mesi incazzato nero, su una panchina al Vondelpark, e non saranno passati che cinque minuti.

Il mondo nasce gocciato di sangue, ha continuato lui, ogni mondo. La lotta armata è l'unica via, questo lo sai anche tu. Le armi sono uno strumento di pace e democrazia. Come credi che sia stato conquistato il voto, i diritti, la repubblica, e come credi si difenda tutto questo?

Ho guidato a lungo, ormai nella notte, la piú profonda che abbia conosciuto. Me la sentivo dentro, mescolata a una strana magia linguistica allo stesso tempo personale ed estranea, abissale in un certo senso, che mi gettava vertiginosamente nella piú oscura sfiducia in tutto ciò che non appartenesse al cielo e alle stelle, alle loro questioni astronomiche, altissime, e fosse invece del mondo degli uomini, che, pensavo filosoficamente, riescono a essere meschini anche nelle piú nobili intenzioni, e soprattutto in quelle.

Franco ha dormito gran parte del viaggio, promettendo che si sarebbe svegliato al momento giusto.

Il passaggio fra le montagne ci ha portato su strade in salita e male illuminate, a superare viadotti e a ridiscendere tornanti piú o meno stretti. Attraversavamo i paesi deserti, nella vera notte europea, quella delle aghifoglie e dei castelli in rudere, delle fiabe antiche, dei mostri vecchi e nuovi, di quelli eterni. La notte degli agguati, dei briganti e degli eserciti in ritirata, delle conquiste e delle cadute. La notte della vertigine e della scoperta, della scienza, delle visioni e degli incubi. La notte dei nostri genitori, dei nostri nonni e fratelli, di tutti quelli che ci hanno preceduto vivendo, morendo, strappando un pezzo di luce nell'indistinto, nel sonno inquieto del mondo solo.

Per un attimo, sotto il cielo cadente, in solitudine, assumendo provvisoriamente una prospettiva poetica sulle cose, ho creduto contro le mie stesse convinzioni che quello che stavamo facendo avesse un senso.

Imboccato un canyon innevato, Franco si è svegliato e ha detto che ci eravamo quasi, riconosceva il posto. La gola era strettissima e noi la risalivamo costeggiando un ruscello che scorreva nel mezzo. A tratti scoperti si alternavano lunghi passaggi in galleria. Molte diverse gallerie, alcune vecchie e oscure, altre nuove e luccicanti, altre arancioni, altre quadrate. Di tanto in tanto rispuntava il cielo stellato tra le creste sopra di noi.

Non mi fidavo piú di Franco, questa missione non aveva senso, dove stavamo andando? E a fare che cosa? Ho pensato che fosse solo impazzito, che quella fosse solo una sua proiezione, un piano di realtà che lui aggiungeva come pretesto.

Invece a un bivio si è mostrato sicuro e mi ha fatto deviare. Abbiamo oltrepassato un paese e ci siamo inoltrati nel bosco fino a fermarci davanti a una sbarra di legno che impediva di proseguire. Franco è sceso e l'ha sollevata.

La strada era una forestale che procedeva tra gli alberi illuminati solo dai fari deboli della macchina. Presagi dappertutto, ombre in movimento sotto la superficie.

Siamo sbucati in un piazzale di ghiaia. Franco ha detto di fermare la macchina. Abbiamo preso le borse e abbiamo proseguito a piedi per un centinaio di metri lungo un sentiero che tagliava nel bosco. Ci siamo fatti luce con la torcia del mio cellulare. Davanti a noi è comparsa la facciata di una casa. Una costruzione alpina, un edificio in parte diroccato con un tetto in legno e i muretti di sassi cementati ricoperti di piante infestanti lasciate crescere tutto intorno. Franco ha bussato. Un uomo con la barba ha aperto. Si sono stretti la mano. Quello l'ha stretta anche a me. Aveva un volto affidabile, uno sguardo profondo. Era un omone giovane, ma con rughe da intemperie sulla fronte e pelle dura. Siamo entrati in una sala scaldata da una stufa, illuminata da una luce calda e fioca. Dentro, una catasta di legno in un angolo, una vecchia cucina da bivacco e un tavolo attorno a cui sedevano altre cinque persone. Tre uomini e due donne. Erano piú giovani delle persone che avevo visto all'interporto, avevano delle facce piú riconoscibili. Ho pensato che fossero il braccio armato, i sabotatori, ma non ho mai capito esattamente. Franco ha consegnato le borse e quelli gli hanno chiesto se c'erano stati problemi, se avevamo notato cose sospette, se pensavamo che qualcuno ci avesse seguito. Lui ha detto che avevamo rispettato la procedura: niente cellulare o altri apparecchi, niente tracce. Io sono trasalito, senza comunque scompormi.

Ci hanno fatto sedere e ci hanno offerto una tisana al rafano.

Uno di loro, il piú anziano si sarebbe detto, ha sbrigato la faccenda con molto carisma. Con la stessa serenità di chi sta organizzando un'escursione al lago, ha spiegato a Franco come procedere. Gli ha consegnato una busta con dentro un documento d'identità e gli ha detto di usare quello per passare la frontiera l'indomani. Sarebbe arrivato in Slovenia, lí si sarebbe messo in contatto con un certo Greco, in un qualche hotel di Lubiana dove questo faceva il cuoco.

Il Greco lo avrebbe ospitato da lui qualche giorno e, se le cose non si fossero complicate ulteriormente, lo avrebbe messo su un cargo diretto in Crimea, da cui avrebbe potuto proseguire senza grossi impedimenti verso il Donbass, dove avrebbe preso contatti coi separatisti del Dpr e avrebbe svolto il suo incarico col nome in codice di Eolo. Era l'unica via, perché la frontiera europea con l'Ucraina era troppo sorvegliata. Non fanno passare nessuno senza un visto dell'ambasciata, diceva annuendo il tipo, pizzicandosi la barba e guardandoci uno a uno con gli occhi sbarrati. Ho ricevuto una busta anche io. Dentro, dei soldi, mille euro in banconote da cento e cinquanta.

Mi è stato offerto di rimanere per la notte. Un materasso in piú era già stato preparato in terra nella stanza dove avrebbe dormito Franco. L'indomani sarei dovuto tornare da dove ero venuto, e avrei dovuto dimenticare ogni cosa.

Quando siamo rimasti da soli in camera mi sono steso, ero esausto, ma faticavo a prendere sonno, non riuscivo a tenere gli occhi chiusi. Sono andato in bagno e ne ho approfittato per dare uno sguardo in giro. Tre dei ragazzi si erano fermati a confabulare attorno a un tavolo in cucina, alla luce di una lampada da campeggio, fumando sigarette. Li ho guardati un istante da una porta socchiusa. Sembravano sereni, e convinti piú che mai di quello che stavano facendo. Lo si capiva dalla loro aria, dalla grande serietà priva di angoscia, leggera, pungente, con la quale si parlavano. Una di loro rideva passando il braccio sulle spalle del suo vicino.

In bagno ho controllato il telefono e ho attivato la modalità aereo, poi mi sono messo a letto. Franco era già sotto le coperte, al buio. Quando mi sono sdraiato gli ho sentito dire delle cose a sé stesso, bisbigliava. Non ho capito di cosa parlasse. Ho teso le orecchie. Sembrava pregare. Poi, d'un tratto, mi ha chiesto: Dove sono gli altri?

Io gli ho detto che non lo sapevo, cosa importava? Lui non ha risposto. Invece è tornato a bisbigliare, di tanto in tanto alzando il tono.

Per la prima volta in tutto il giorno mi sono sentito tranquillo. Quel buio, quel caldo, quella situazione eccezionale. Sembrava che ci stessimo riparando da una tempesta terribile, o da un qualche pericolo onnipresente fuorché in quella casa di assi. Era il rifugio perfetto.

Con la sincerità di chi è steso in un letto prima di dormire, a mezza voce ho chiesto a Franco perché facesse tutto questo, se facesse sul serio, dove pensasse di arrivare. Ero curioso di capire la storia per intero, in cosa era coinvolto, ma piú in fondo mi interessava sapere di lui, capirlo come non avevo mai fatto. Volevo che sapesse che ero suo amico.

Lui non ha risposto, ha fatto solo dei versi. Stava già dormendo da un pezzo, forse già da prima che entrassi in camera.

Non è mai arrivata mattina su quella baita.

Nel mezzo della notte siamo stati svegliati da un trambusto di piedi che battevano nervosamente sul pavimento. I ragazzi stavano raccogliendo le loro cose in gran fretta. Uno di loro ha spalancato la nostra porta e ci ha svegliati. Ci ha parlato con furia, per punti. La polizia era sulla strada che dal paese portava lí. Un loro aggancio all'imbocco della via li aveva avvertiti, aveva visto passare cinque macchine in fila.

Siamo saltati in piedi. In un attimo mi sono messo le scarpe e sono volato all'uscita. Dalla finestra sulla porta ho visto comparire dei fari. Ho fatto di corsa il giro e sono uscito dalla cucina. Franco doveva essere dietro di me, ma non sapevo con certezza. Mi sono buttato oltre la linea degli alberi. Ho corso in salita nella neve ghiacciata che ricopriva il terreno. Intorno a me passi di altre persone in fuga; dietro, piú in basso, le luci dei fari e delle torce e le voci degli sbirri che urlavano ed entravano nella casa sbattendo le porte.

Arrivato abbastanza distante mi sono fermato. Fiatone. Adrenalina a palla che mi alleggeriva le gambe e mi assottigliava i sensi. Sensi aumentati. Intorno a me piú nessuno, solo il silenzio incontaminato del bosco, qualche scricchiolio. La luce della luna si rifletteva tra i rami radi sulla neve. Ero da solo. Ho guardato verso la baita in fondo, quasi non si vedeva. Mi sono rimesso a camminare, cercando qualcuno tra i tronchi. Ho camminato a lungo, senza mai trovare nessuno, senza capire dove fossi o in che direzione stessi andando. Si erano tutti dispersi. Per come erano organizzati, probabilmente si sarebbero ritrovati il giorno dopo chissà dove, forse in un punto prestabilito, ben distante da lí. Mi dava una insolita leggerezza pensare a loro, nonostante la follia che li ispirava e il fatto che avessero scelto la parte sbagliata della Storia. Erano spaventosi ed eroici allo stesso tempo, trasmettevano un senso di forza, di volontà indomita. Mi sono sentito vivo grazie a loro in quel momento, vivo e libero, ai limiti del mondo e della natura, meravigliosa e carnivora, in fuga. Ho pensato a Franco, era mio amico ma questo non lo rendeva piú facile da trovare in quel buio rispetto a chiunque altro. Anche lui scappava, chissà se si stava sentendo vivo, chissà se era ciò che cercava. Siamo troppo spesso presuntuosi quando crediamo di capire gli altri, soprattutto le loro intenzioni: c'è sempre qualcosa che non torna. Eppure siamo cosí simili, non si capisce. Ho pensato che lui come me stava brancolando in quel bosco, ma forse meno sperso di me. Ho anche pensato, in un istante di iperconsapevolezza e visione, che non l'avrei piú rivisto, e me ne sono quasi convinto; per come era fatto sarebbe stato anche plausibile. Perso per sempre, ho avuto questa sensazione. Ho pensato che non sarebbe mai piú tornato indietro.

Capitolo quinto

Ultimo giro

Siamo in città e la città è in festa. È il primo giorno di normalità dopo il Natale e in giro c'è come voglia di rovinare tutto, di sentirsi di nuovo soli e sbagliati. Sono tornati gli universitari ad ammucchiarsi per le vie e davanti ai banconi. Gruppi di giovani laureati in difficoltà si cercano tra di loro con gli occhi svettando tra il mare di teste. I dingdong delle superiori approfittano di queste ultime occasioni per scendere in centro e provare in extremis a innamorarsi di qualcuno o qualcuna. Si guardano nelle vetrine per capire chi sono, se ne vale davvero la pena.

Jem rispolvera il suo inglese per incantare il cervello di un'ingegneressa erasmus appena sbarcata. Stanno limonicchiando sul divanetto di una chupiteria di nuova apertura. Lui si stacca e ci indica. Insiste con lei perché ci inviti a casa sua a bere schnapps, ma lei no, gli dice get yourself together e di andarsene affanculo. Raccoglie la sua roba e se ne va a sorridere al barista sudamericano che le spiega i suoi tatuaggi.

Pingu ci offre un giro. Brindiamo agli impiccati di piazza Tahrir e sputiamo fiamme dalla gola sentendoci piú o meno vivi. Siamo comunque a disagio in mezzo a questa calca di neo-hipster col bancomat in mano al confronto dei quali non reggiamo in termini di stile, prospettive e altre menate con le quali ci si farcisce la biografia. Jem ci abbraccia per le spalle a me e a Pingu e ci chiede se vogliamo sfidarlo a Human traffic, un gioco di sua invenzione. Chi perde deve partorire un leprotto dal culo lí sul posto. Gli diciamo di sí, ma non sappiamo le regole. Praticamente è una gara di insulti razzisti e bestemmie, ci spiega, chi la urla piú forte vince. Inizia lui.

Ripigliati, gli dico tirandolo fuori dal bar appena in tempo. Non puoi urlare cosí queste cose. Non sei nelle condizioni.

Dici per quello?, mi fa indicando l'Eastpack rosa appoggiato per terra al bancone del bar, pieno di droga presa in compra e pronto per essere rubato dal primo che passa.

Ma che cazzo fai, Jem?

Entro a prenderglielo. Lui se lo rimette in spalla e mi guarda divertito.

Sei proprio un coglione!, gli dico. Dopo tutto quello che ti è successo.

Calmati, mi dice scurendosi in viso, non c'è nessun morto. Guarda, ti sei sporcata i pantaloni di sangue. Che ore sono ragazzi?

Pingu si guarda l'orologio, ma non ha l'orologio.

Ottimo, dice Jem, bene. Andiamo a riprenderci ciò che è nostro.

Saliamo nell'appartamento di un ricciolo appena maggiorenne, come tre predoni con la sciabola nei calzini. È l'appartamento dei genitori, ci dice aprendoci la porta, spostandosi i ricci dagli occhi. Fate attenzione ai vasi, ai quadri, alle lampade antiche. A Jem brindano gli occhi.

C'è gente che beve, che ride in cerchio, che cammina su un pavimento già appiccicoso e striato di merda nera. I tappeti sono arrotolati lungo i muri. Qualcuno si sbrasa in mano. Qualcuno sdraiato sul divano collassa di fianco a due che si avvinghiano sessualmente.

È presto per questo genere di cose, dice Jem all'ospite, che non sa come rispondere e sorride imbarazzato tirando dalla canna che praticamente lo stiamo costringendo a fumare.

Siamo all'ultimo piano di un palazzo in centro. È un bell'appartamento, arredato con gusto. Dalle finestre si vede la città illuminata. Le decorazioni natalizie ancora accese. I fiocchi elettrici giganti sulle facciate dei palazzi storici.

Ci affacciamo alla finestra per fumare. In mezzo a questi ragazzini ci sentiamo un po' dei relitti. Chi ci vede ci guarda spaesato. Ci dànno del lei. Ci trattano con riverenza. Noi ne approfittiamo per scroccare sigarette con sorrisi satanici tra i denti aguzzi e il cappuccio alzato sui nostri scalpi.

La città resta quella che è anche dall'alto. Nessun reset cognitivo come ci saremmo aspettati osservandola da quella prospettiva. Lanciamo in strada delle uova prese dal frigo. Le vediamo scoppiare come bombe biologiche sul marciapiede, tra i passanti che alzano la testa sospettosi. Ne facciamo fuori una scatola intera. Celebriamo la nostra verticalità su di loro.

Jem si è appartato nell'angolo cucina con l'ospite. È qui apposta. Si parlano. Sul tavolo davanti a loro tra bottiglie vuote e ciotole è appoggiato lo zaino di Jem, aperto. Il ragazzino ci guarda dentro. Annuisce. Ci mette le mani. Annuisce. Dice qualcosa a Jem. Si allontana.

Jem si lecca le dita mentre aspetta. Si sistema le sopracciglia. Incrocia il nostro sguardo. Ci indica. Ammicca. Brinda con noi da lontano con una bottiglia di birra che si è offerto dal frigo.

Il ragazzo ritorna. Ha in mano dei soldi. Jem si rimette serio. Prende i soldi e li conta. Annuisce. Batte una mano sulla spalla al ragazzo, richiude lo zaino e lo lascia dove è. Ritorna verso di noi.

Andiamo, ci dice.

I lampeggianti delle camionette davanti al municipio illuminano di blu le facciate degli edifici intorno. Un manipolo di anarchici è arringato da un piccoletto in anfibi e barba scura. Ce l'hanno coi draghi, non capisco. Due ragazze col piercing sostengono un lenzuolo scritto: «La *pagerete* cara». Nei vicoli si sparge il resto della gente tra i lampeggianti e i caschi blu delle squadracce tenute al guinzaglio dai prefetti. Ci passiamo di fianco seri. Piuttosto veloci. Jem in prima linea. Non si scompone. È dritto e paranoico nel rilucere giallastro delle strade scaligero-tirolesi che perseguiamo. Rigido come un totem. Butta gli occhi dappertutto. Ci sta davanti, da solo e pensieroso. Io e Pingu al suo seguito ci scambiamo opinioni che non lo riguardano, che non riguardano niente di preciso. Scartiamo parole dalla bocca, ci spieghiamo a vicenda cose di cui neanche noi siamo troppo sicuri. Non c'è mai un vero punto. Andiamo a tentoni, tanto per farci compagnia. Siamo dei parlatori imperfetti, due fratelli fatali in attesa del terzo.

Jem rallenta per farsi raggiungere. Eccolo. Mi si avvicina per parlarmi all'orecchio. Pingu lo ignora da dietro, guardandosi intorno trasognato. Gli angeli scolpiti ci osservano passare. Ombre negre ci volteggiano intorno con le bici.

Questa Baghdad non è piú quella di una volta, mi dice. Tiene una mano sguarnita a penzoloni lungo il fianco, di tanto in tanto si palpeggia la tasca. Con l'altra si aggrappa alla mia spalla. La luna ci spiana la strada proprio come vorremmo.

Questa città. Queste persone. Le loro facce, le loro deformità, mi dice. Che dobbiamo fare noi?

Noi?

Dobbiamo prendere esempio da Franco? Farci un documento e sparire, prima che…?

Guardo dritto, per evitare i suoi occhi che gli si stanno sciogliendo nelle orbite. Non ti so dire, gli dico. Ho le idee un po' confuse in questo periodo.

Hai ragione, dice sconsolato. Anche io.

Alza la fronte verso la luna, ma sembra non vederla, sembra non interessargli.

Stavo pensando, dice toccandosi la tasca… questi soldi. Alla fine…

Che cosa, Jem? Non…

Perché no? A questo punto… facciamolo, ci tiriamo su… non so, qualcosa, per ricominciare, me lo sento, questa volta…

No, non sono d'accordo. Chiudiamola, vecchio, l'hai detto anche tu, basta.

Lui si smarca. Mi fissa stringendo le sopracciglia.

Perché mi tratti cosí?

Jem. Ragiona.

Dài, recupera lui. Che ci costa? Non abbiamo niente da perdere.

Come no? Parla per te, coglionazzo. Lo sai che io vorrei…

Vorresti cosa?, mi interrompe lui. Remo, ma dove cazzo vivi?, sbotta lui. Ora dimmi che cazzo hai da perdere, sentiamo. Anzi vaffanculo. Sai che ti dico? Vaffanculo. Mi butti sempre giú. Mi asciughi. Col cazzo che la prossima volta…

Si allontana scenicamente. Ma io me ne sbatto, non ha effetto su di me il suo teatro. Mi si riavvicina, seccato anche per questo, si prepara a parlarmi con quel suo tono, per pungermi col suo veleno di merda. Sembra una vespa.

Mi ronza intorno cosí. Vuole iniziare col suo agonismo di ossessioni puntigliose, è chiaro.

Ma *tu* dove cazzo vivi?, gli dico io. Ti capita mai di pensare che non puoi controllare ogni cosa? Ti fai i tuoi schemi, tutti belli e logici come piace a te, che però vedi, alla fine c'è sempre qualcosa che non ci entra, cose imprevedibili. Sottovaluti le circostanze, questo è, gli interessi degli altri che non puoi sapere. Quando eri meno sicuro di te stesso, facevi meglio.

Cosa? Ma ti senti? No, chiedo, ma ti senti? Non capisco il punto. Quando ero meno sicuro di me stesso? Che cazzo vuol dire? No dimmi, adesso dimmi. Spiegami. Voglio capire visto che…

Hai proprio rotto il cazzo, sai? Non si può passare la vita a correggere errori con altri errori. Devi uscire da questo loop, lo hai detto anche tu. Sono mesi che dici questo e quello e stai di merda, e non fai niente per cambiare davvero.

E allora? Vuoi spiegarmi come si vive?

E hai anche un caratteraccio, ma non è questo il punto.

Sentiti. Ti dico solo questo. Sentiti.

Ragazzi, ci interrompe Pingu con gli occhi alti al cielo. Guardate.

Alziamo gli occhi anche noi. Al posto della luna, una coltre di frammenti esplosi. Nel buio della notte si riflette un bagliore elettrico che solo noi vediamo. Piovono gocce argentate sulla città. Apriamo le mani per raccoglierle. Si sciolgono prima di toccare la superficie.

Ci guardiamo intorno. La consuetudine è imperturbata. Le persone continuano a tracciare movimenti come immagini a lunga esposizione. Sono vettori di colore e forma allungata. Deformano il tempo cambiando. Noi, immobili, ci lasciamo sfiorare.

Decidiamo che per il bene di tutti dobbiamo ubriacarci. Bere via questa stranezza. Godere a dismisura di questi minuti che ci rimangono prima della nostra completa trasformazione. Quando non saremo piú riconoscibili e le persone ci temeranno come temono il destino. Non conosceremo piú il destino. Dorati risaliremo la sua valanga, verso l'origine sconosciuta che concede possibilità alla vita, lí restituiremo la nostra individualità e poi scompariremo nella sua mano che si stringe a pugno.

Sul bordo della strada dove camminiamo raccolti, passandoci una bottiglia di schnapps, vediamo sfrecciare i mezzi urbani. Autobus vuoti, macchine che sfoggiano silhouette di varia dimensione e attitudine. A un attraversamento pedonale, che noi affrontiamo con incertezza guardando ancora in alto verso il crollo fatale del cielo, un motorino ci scivola addosso distogliendoci col suo rumore di plastica caduta. Il centauro, un tipo col casco scuro, si rialza sotto i nostri occhi allucinati come se niente fosse. Come se si fosse preparato. Ci viene addosso con fare minaccioso. Ci punta. Sembra che voglia picchiarci. Ha i guanti neri, la giacca nera, i pantaloni neri, la visiera che gli copre la faccia nella quale ci rispecchiamo e si rispecchia anche la nube di luce gassosa sopra di noi. Dice qualcosa che noi non sentiamo. Dobbiamo avere addosso delle facce sincere, perché quello si alza la visiera e ci dice: Ah, non siete voi?, e se ne va scusandosi.

Alziamo gli occhi. La luna si sta sgretolando. Lentamente, quasi da immobile. Il cielo si sta piegando su sé stesso.

Cosa sta succedendo alla galassia?, dice Pingu.

Si sta rinnovando, dice Jem.

Da un momento all'altro potremmo essere risucchiati. Sparire senza saperlo, senza poterlo spiegare, dice Pingu.

È da sempre cosí, dico io puntandogli una pistola alla schiena. Always has been.

Fuori dal *Joyce* i baristi cinesi stanno guardando in alto, noi chiediamo loro cosa ne pensano. Sorridono. Non ci capiscono. Fumano coi loro denti marci.

Siamo tutti testimoni, ma di cosa, e per chi? A chi diremo quello che è accaduto se dopo niente accadrà piú, se non ci sarà piú nessuno ad ascoltare?

Cosa racconteremo domani se non ci sarà nessun domani? E allora perché vivere in questo ricatto assurdo?

Merda, dico io, che cazzo sta succedendo, ragazzi. Come faremo a salvarci?

Kamala Harris a questo punto sarà già sul suo shuttle. Le diverse arche decolleranno dai poli con a bordo un campione di umanità per ripopolare l'universo. La Bibbia l'aveva già previsto. La storia si ripete in cicli. A diverse quote di sorvolo riviviamo ciò che è già stato.

Mi sento le mani pesare di meno. Come se si stessero disgregando in particelle invisibili, e si facessero attrarre da quel vuoto.

Siamo lí che fumiamo cercando di non farci risucchiare completamente dall'assenza di gravità generata da quel bordello lunare. Cerchiamo di mantenere un corpo. Resistiamo all'evaporazione concentrandoci sulla compattezza della nostra carne.

Ma è per davvero cosí compatta come pensiamo? Alla fine dentro c'è letteralmente del vuoto.

E allora?

E allora niente.

Siamo lí a fumare perché è l'unico modo. Ci si avvicina uno che vuole venderci la sua giacca. Una brutta giacca di pelle.

Vedi, dice Pingu, è tutto scritto. È in Giobbe: colui che spera e colui che dispera andranno per la stessa via, e uno si strapperà la pelle, e l'altro si proporrà di comprarla... Non vedi? La gente sta scivolando via. Non sente piú niente. Non capisce.

Fa un freddo brumoso e questo prova a venderci la giacca. Ci implora stringendocela davanti. Gli diciamo di no, che non ci interessa, che se la tenga la sua profezia biblica. Farebbe meglio a rivedere le sue scelte, penso io. E anche se i tossici sono le persone che piú capisco al mondo, mi dico: Cristoiddio! Con la roba non ci scaldi le notti. Ti risucchi l'anima verso un luogo che non esiste, che crei tu per te stesso, e questa è forse la piú gran trovata, innegabile. Ma il signore qua ci crepa stasera o domani mattina. Sempre, ovviamente, che abbia senso parlare di un domani.

Ci supera di qualche passo. Jem gli tiene addosso gli occhi e sospira. Lo richiama, gli va incontro e gli molla in mano trenta euro. Gli dice qualcosa. Jem gli fa segno di tenersela. L'altro lo ringrazia con le mani giunte, ma non si rimette la giacca come pensavamo e anzi si gira e ritorna a sporgersi tra la gente, mostrando quella cazzo di giacca, spingendola in gola ai passanti che si scostano.

Ordiniamo un giro al bancone come dei veri schiavi del consumo, facendoci servire dai baristi cinesi che non si capisce piú quanti siano. Ne viene uno, se ne va un altro. Non parlano. Fanno il loro. Incassano. Sorridono.

Ci facciamo una partita a biliardo, fumando nella sala in fondo al bar. Di tanto in tanto l'edificio trema. Scrolloni dal terreno lo sconquassano. Cadono dal soffitto croste di intonaco e polvere. Nessuno a parte noi sembra farci caso. E pure noi, tra un tiro e l'altro, alziamo appena gli occhi. La colonna a cui ci appoggiamo aspettando il nostro turno con la stecca in mano è segnata per tutta la lunghezza e fino al soffitto da una crepa vibrante.

Giochiamo contro due ragazzi albanesi piuttosto simpatici. Vestiti da muratori. Non i soliti rissosi, due uomini ben strutturati, stempiati, che sanno incassare e restituire battute senza prendersela, senza fare di ognuna un pretesto per litigare. Siamo io e Pingu contro di loro. Segniamo i punti sulle note del telefono.

Jem ha preso dell'anfetamina, insieme a Pingu. Ma la sente di piú. Pingu ci è troppo abituato. Quando la prende torna normale. Jem invece sclera, anche se non si vede. Ruota gli occhi. Smandibola. Si gratta il collo ossessivamente, come se si stesse togliendo di dosso delle ragnatele.

Ora sta parlando con un tipo losco che lo ascolta apparentemente sovrappensiero. Uno a cui continua a cadere la sigaretta di mano. Sembra che si conoscano. È un tipo con occhiaie e borsello. Semiappoggiato tra lo sgabello e la slot come se timonasse con confidenza una navicella luccicante.

Anche se non li sentiamo, li teniamo d'occhio. Non ci importa di sapere cosa si dicono. Ma se a Jem gli parte il pesce è un casino, non si sa mai. Parlano ancora. Jem gli sta addosso. Il tipo di tanto in tanto dice una parola, gesticola, solleva le sopracciglia. Fa un tiro dalla cicca. Ha i denti storti. Se ridesse, riderebbe con la risata vuota del vero perdigiorno. Ha uno sguardo sinistro, ma pure innocuo, scassato.

Anche noi siamo piuttosto spacciati. Jem ascoltando si tocca la mandibola, prova a fermarla. Apre e chiude la bocca. Il tipo gli parla, incollato allo schermo della slot. Gli spiega qualcosa. Gli fa dei gesti. I tasti della slot lampeggiano illusoriamente. Il tipo ci fa cadere dentro delle monete.

Escono insieme. Jem gli va dietro evitando apposta i nostri sguardi che lo seguono. Il tipo si accende un'altra cicca a piene labbra, gli occhi socchiusi. Partono a bordo di una macchina che vediamo passare davanti ai vetri del bar. Jem, dal finestrino abbassato, cercandomi con gli occhi, mi alza il dito medio.

Io e Pingu ci guardiamo. Se non si sbriga sono cazzi suoi, pensiamo. Tocca a te, mi dice. Calma e gesso. Mi piego, prendo la mira. Palla in buca. L'edificio trema ancora. La solita polvere che i presenti si scrollano dai vestiti senza scandalo. Forse è meglio che usciamo, mi dice Pingu. Gli dico di sí. Salutiamo i nostri avversari, che non si scompongono. Partita chiusa a tavolino. Riprendono a giocare uno contro l'altro.

Accendiamo una canna sugli scalini del supermercato lí davanti. Se non si sbriga sono cazzi suoi, dico a Pingu. Lui annuisce. Si fotte, mi dice, e mi mostra la mano ferita.

Come te la sei fatta quella?, gli chiedo.

Non so, mi dice, ma non fa male. Pulsa ogni tanto, quando la terra trema.

L'aria sbrilluccica ancora. Pulviscolo iridescente. Un'aurora di raggi rosa.

Una luce anfetaminica nella notte. Sembra di essere dentro un diamante. Dentro un sogno narco fatto di specchi.

Ci alziamo per flippare sulla strada, le mani in tasca, contorti dall'erba fumata, tutti sfasati.

Una forza ci prende e ci rilascia. Riempie il mio corpo e poi lo svuota. Sono io, la forza che riempie il mio corpo. Ne ho riempiti tanti di corpi, ho la sensazione, prima di questo. Ma ora voglio liberarmi. Liberare le mie ossa dal controllo, e la mia anima dalla meccanica del corpo. Far affondare lo scheletro nella terra asciutta del tempo e farmi ritrovare dagli uomini del futuro che mi bruceranno nelle loro stufe per scaldarsi dalla glaciazione. L'anima rimetterla al vento, ai vari colori che ci trasportano.

Le poche carcasse umane di passaggio si aprono come gusci lasciandone uscire il fantasma. Si fanno mollare svuotate agli angoli, dove i cani gettati nelle tenebre di fuori ci pisciano sopra annusandoci la fine.

Camminiamo sugli spigoli. I marciapiedi che ci tremano sotto i piedi, crepandosi, potrebbero aprirsi e ingoiarci in un attimo. Per questo saltelliamo da un elemento portante all'altro, cercando di evitare i punti piú fragili, che crollerebbero per primi.

Tre ragazzi molto piú ubriachi di noi ci offrono da bere dalle loro bottiglie. Si spintonano e ridono cercando di farsi capire. Sembrano completamente estranei, distaccati. Gli scossoni di terremoto li fanno ridere istericamente. Perdono l'equilibrio e ridono. Si tengono le ginocchia che tremano e ridono. Ci contagiano. Ridiamo anche noi. Sempre di piú. Ci pieghiamo dal ridere. A ogni scarica quelli ridono a perdifiato, non riescono neanche a spiegarsi. Si guardano negli occhi strizzati di lacrime e ridono. Fanno gesti. Fanno il surf sull'asfalto che ondeggia. Prendono in giro il mondo. Ridicolo com'è.

Dopo qualche cicca fumata controvoglia solo per il gesto, ce ne andiamo con gli occhi ancora gonfi di lacrime, tornando via via piú seri finché tutta l'ilarità non si esaurisce e ritorna solo la certezza finale di cui a quanto pare ci siamo assunti la responsabilità. Pingu si gratta la mano. Mi prude, dice. È una cosa nervosa, lo sento. Mi spacca i nervi questo prurito.

Gli risale i nervi e la schiena fino a pungergli il cervello, mi dice.

Cerca di non pensarci, gli dico, non durerà ancora molto.

Picchietto su un monitor a muro per farne uscire desideri, ma il tempo della pubblicità non scade mai e in cambio mi tornano solo informazioni inutili tipo gli orari della farmacia e il prossimo autobus in arrivo.

Ci sediamo alla fermata, sotto la pensilina. Ci sentiamo al sicuro con la testa al riparo sotto il vetro e la luce bianchissima dei led. Tiriamo un sospiro di sollievo. Appoggiamo la nuca e chiudiamo un secondo gli occhi.

Mi vibra una gamba. È Jem, mi scrive un messaggio. È un audio. Lo ascoltiamo. Ci dice che è alle poste, di raggiungerlo lí.

Noi lo raggiungiamo. È in piedi di fianco alla porta di un bar in mezzo ad altra gente. Ha il petto gonfio sotto la giacca. Qualcosa gli gonfia la tasca interna del cappotto.

Che è?, gli chiediamo.

Questo è, ci dice. Apre la cerniera e ci mostra. È un pacchetto. Per quello che ne possiamo sapere fin lí, un pacchetto di bamba.

Ce n'è quanto basta, ci dice. Ci tiriamo su, non so… tremila? Con tremila ne facciamo altri tremila. Coi tremila che poi ridarò a Cristo, me ne rimangono tremila.

E Cristo? Che gli dici?

Capirà.

E se non capisse?

Allora non so. Vedremo.

Non ti comporti come uno che vuole cambiare, gli dico.

Infatti, dice, non ho mai detto di volerlo fare.

E ora?

E ora prendiamoci un drink.

Ne beviamo qualcuno, fino a dimenticarci di tutto, di quello che ci siamo detti, di quello che altrimenti avremmo continuato a rinfacciarci, di quello che sta accadendo in orbita e nelle viscere della Terra e di quello che abbiamo nelle tasche. Fumiamo cicche fuori dal bar col drink in mano, piegati verso il terreno, come se una gravità ci pesasse in petto. La città intanto si svuota, finché non restiamo solo noi a fare avanti e indietro. I baristi puliscono i banconi e ci scacciano educatamente. Jem sta per piantare un casino. Stringe la mascella di fronte alla porta chiusa e batte sui vetri con l'insistenza del bastardo ubriaco a orario di chiusura. Lo fermiamo appena in tempo. Trattiamo per gli ultimi tre spritz e ce ne andiamo verso la macchina.

Io non ce la faccio, dico. Non ce la faccio, dico sdraiandomi sul cofano.

Pingu piscia in un'aiuola.

Guido io, dice Jem.

Non hai la patente, gli fa Pingu.

Jem non ci fa caso. Mi prende le chiavi di mano e sale. Noi lo seguiamo.

Siamo dei cadaveri appoggiati ai sedili, a bordo di una nave comandata da un pazzo. Siamo già morti, penso, schiantati. Ma non ho la forza per reagire a questo pensiero. Sono paralizzato. Vedo che il mondo inizia a muoversi. Jem al volante. La terra che ora gira al contrario, scossa fin sulla superficie da forze nuove, sconosciute, incalcolabili. È tutto un tremore. Gli alberi sono mossi come dal vento, ma non è il vento. L'asfalto è tutta una gobba, una buca, che Jem affronta in velocità. Non lo molla, l'acceleratore. Lo schiaccia finché può. Siamo tutti in silenzio. Inermi sui sedili. Insensibili pure alle piú tenaci fantasie di morte. Indifferenti al rischio. Rassegnati allo schianto.

Sgomma per le strade vuote. Settanta all'ora in curva su strada semplice. Ottanta. Cento in rettilineo. Nessuno di noi dice niente. Sfioriamo il guardrail, attraversiamo incroci mortali senza tenere conto della minima prudenza, invadiamo la corsia opposta.

Jem, sei sicuro di quello che fai?, gli dico. Ho il drink in mano, mi accorgo. E anche il suo, da cui ogni tanto beve facendoselo passare. Pingu è addormentato di dietro.

Jem non risponde e si prende un sorso. Mi giro a fatica verso di lui. Lo vedo. Non ha gli occhi. Non ha piú gli occhi. Anzi, no. Ha gli occhi chiusi. Le palpebre, cucite col filo dei punti.

Jem, gli dico biascicando, Jem, i tuoi... i tuoi occhi. Lo indico debolmente. Lui non mi calcola. Entra in rotatoria accelerando. Il drink in mano. Fa il primo giro. Le gomme fischiano. Il mondo ci ruota intorno. Ne fa un altro a velocità centrifuga. L'asfalto fischia. Ruotiamo intorno al mondo. Ne fa ancora uno. La Terra ci manca sotto i piedi, noi cadiamo con lei. Lo stacco delle ruote. Il senso di vuoto che ci riempie i polmoni. L'istante che dura piú del volo. In balia della fisica ora, della gravità. Voliamo con lei intrappolati in questa capsula. Compiamo la nostra orbita. Ci schiantiamo contro il muro di un sottopassaggio, rovesciati da un lato.

La Terra ha smesso di girare e noi con lei. Apro gli occhi e non so quanto tempo sia passato, quanto sangue mi ricopra la faccia. Vedo solo una fetta di arancia dentro un bicchiere vuoto, rovesciato al mio fianco sul finestrino.

Balcone dell'ospedale. Settimo piano quantomeno. Mi fumo una cicca appoggiato alla ringhiera tra la vertigine dei muri. Nella luce pallida della mattina sento che qualcosa sta crescendo al contrario dentro di me. Non si capisce, è come una sensazione di rigurgito. Un asprigno che mi mortifica il diaframma alla radice della voce. La verità è che sono ancora lí, un po' ubriaco. Mi sboccherei gli organi, che ancora mi si rimestano cercando una sistemazione o un'uscita. Mi succede dentro l'inspiegabile, come se fossi incinto di un mostro di pelo. Un mostro urlante che mi tira la pelle. Il sapore della sigaretta riporta su tutto.

Mi dimettono prima degli altri, che devono rimanere in osservazione fino a domani. Sono entrambi sedati, quindi stanno bene per ora, ma nessuno li può vedere, sono in terapia intensiva a scontare le loro promesse. Li rimetteranno al mondo, ma soltanto perché ci rimangano di nuovo sotto.

Esco dall'ospedale per ritrovare la stessa città di prima. Il riconfigurato sono io. Prima, solo un ubriaco molesto a mollo in una piscina di luci bagnate. Ora, un corpo ripulito nel rito del sorriso. Mentre mi bendavano avevo in mente una cosa diversa, una sorta di svolta. Ho promesso a un'infermiera confidente che avrei rivisto le mie priorità, ma a pensarci bene forse mentivo, perché alla fine pure a me piace mettere alla prova il mondo, anche se in terza persona.

Pensavo a Gioia, mi aveva scritto un paio di giorni prima. In ospedale l'avevo sognata, eravamo stesi insieme nella penombra di una stanza, su un letto con un'altra ragazza che dormiva girata di spalle al mio fianco. Io ero preoccupato, avevo paura di svegliarla parlando con Gioia, e pure che Gioia mi odiasse per questo. Invece mi guardava e rideva. Anzi voleva che ci facessi sesso. Voleva guardarmi mentre lo facevamo. Il sogno era illuminato appena dalla luce di una candela, che poi si spegneva.

Pensavo a quando diceva che le sembrava tutto un ricordo, la sua vita, quello stesso momento, tutto il ricordo di qualcos'altro. Una sera stavamo tornando alla normalità dopo una strana discussione in un parcheggio e lei parlava di quest'*altra memoria* in cui ogni cosa è segnata e continua a ripetersi. Come se fosse codificata. La vita in questa memoria lei la chiamava il loop. Ci eravamo tutti dentro, senza saperlo, abituati a non farci caso. Si poteva rompere il loop, aveva detto, bastava tipo svegliarsi la mattina e lavarsi i denti con l'altra mano, o guardare l'ora quando non ci serve, o prendere un acido.

Mi aveva scritto una mail in cui raccontava di Budapest, dove si era trasferita da qualche mese e viveva abusivamente in uno studentato disegnando vestiti. Mi chiedeva come stavo, come stavano gli altri. Non ho mai risposto, anche se piú volte sono stato sul punto di.

Ormai è troppo tardi, mi dico adesso; non so esattamente quanto tempo sia passato, ma è come se si fosse accumulato del ritardo tra di noi, e ho paura di non sapere piú che dirle, o ancora peggio di scoprire che sia cosí anche per lei. Le persone cambiano e smettono di piacersi, o semplicemente stanno bene come stanno, lontane o vicine che siano. Certe volte sento il suo odore su degli sconosciuti e allora penso che vorrei rivederla, riconoscerla da lontano, oppure incontrarla per caso, vederla salire sul mio stesso autobus.

Scorrono le ore e sono ancora in strada.

La notte mi cola in mano già abbastanza nera. Cose rimaste ormai inosservabili congelano ovunque, da su a giú, rapite nei loro spigoli. Sembra che qualcosa che viene dal lato opposto dell'universo sia piombato sulla città lentamente, una roba filamentosa, in cui ognuno di noi è rimasto invischiato come moscerini sulle insegne. Aspettiamo che qualcuno venga a liberarci. Ci tolga uno alla volta dalla trappola.

Seguo questo pianosequenza che mi riporta verso casa e mi doto di cappuccio affrettando il passo. Non capisco se sono solo o in compagnia. Intorno mi gira un'ombra di città che mi fa pensare a ciò che si muove ma è distante. E non è il gelo sedativo o la para o il senso d'eternità dovuto al thc. È una cosa piú diffusa, piú velata.

È una tasca in cui perdo le cose.

A labbra chiuse mi infilo in questi strappi della trama. Anche io sono un tessuto. Un drappo di pelle cucita.

Potrei pensare a me stesso come una sorta di piccolo dio, per quello che mi sento di saper dire ora, ma no. Se fossi un dio avrei il pelo e sarei indifferente. Soprattutto non avrei bisogno di nessuno.

Io non sono cosí: faccio ancora molta fatica.

Ora scompaio per le strade come un sasso calciato. Mi basta saperlo.

Ma alla fine cambia poco. Possiamo essere quel che ci pare. Dobbiamo solo grattarci via il sangue dai gomiti e continuare a crederci, dare voce a ciò che proviamo e non rassegnarci al silenzioso dolore del tempo che passa, per restare svegli anche oggi un minuto in piú, nonostante ogni cosa ci manchi.

Datemi un paio di occhi, delle buone scarpe e un buco nel cielo da cui cadere.

Indice

Questo libro è stampato su carta contenente fibre certificate FSC®
e con fibre provenienti da altre fonti controllate.

FSC
www.fsc.org
MISTO
Carta da fonti gestite
in maniera responsabile
FSC® C115118

Stampato su carta HOLMEN con fibra vergine
proveniente da foreste sostenibili
www.holmen.com/paper

Stampato per conto della Casa editrice Einaudi
presso ELCOGRAF S.p.A. - Stabilimento di Cles (Tn)
nel mese di maggio 2024

C.L. 26311

Edizione: 1 2 3 4 5 6

Anno: 2024 2025 2026 2027